LIA

CAETANO W. GALINDO

Lia

Cem vistas do monte Fuji

1ª reimpressão

Copyright © 2024 by Caetano W. Galindo

Grafia atualizada segundo o Acordo Ortográfico da Língua Portuguesa de 1990, que entrou em vigor no Brasil em 2009.

Capa
Alceu Chiesorin Nunes

Preparação
Ciça Caropreso

Revisão
Jane Pessoa
Angela das Neves

Os personagens e as situações desta obra são reais apenas no universo da ficção; não se referem a pessoas e fatos concretos, e não emitem opinião sobre eles.

Dados Internacionais de Catalogação na Publicação (CIP)
(Câmara Brasileira do Livro, SP, Brasil)

Galindo, Caetano W.
 Lia : Cem vistas do monte Fuji / Caetano W. Galindo. — 1ª ed. — São Paulo : Companhia das Letras, 2024.

 ISBN 978-85-359-3614-8

 1. Ficção brasileira I. Título.

23-177648 CDD-B869.3

Índice para catálogo sistemático:
1. Ficção : Literatura brasileira B869.3

Cibele Maria Dias – Bibliotecária – CRB-8/9427

Todos os direitos desta edição reservados à
EDITORA SCHWARCZ S.A.
Rua Bandeira Paulista, 702, cj. 32
04532-002 — São Paulo — SP
Telefone: (11) 3707-3500
www.companhiadasletras.com.br
www.blogdacompanhia.com.br
facebook.com/companhiadasletras
instagram.com/companhiadasletras
twitter.com/cialetras

Eu vi uma mulher… que achou que ninguém estava esperando por ela…

Roy Andersson, *Sobre a eternidade*

Os técnicos de som do cinema usam um truque para fazer com que você consiga ouvir certa atriz no meio do rumor de uma dúzia de pessoas falando ao mesmo tempo. Eles aproveitam um close e aumentam levemente o som daquela voz. Um segundo, talvez dois. Basta entregar a ponta solta da meada inteira e você já é capaz de agarrar. Depois os técnicos voltam a ajustar todos os atores ao mesmo volume na mixagem, e você continua sendo capaz de separar aquela mulher de todas as outras pessoas.

O que não é pouca coisa.

1.

Lia guardou para sempre.

Tudo bem que essas coisas são traiçoeiras, mas foi um dos momentos mais lindos que ela teve na vida. A sensação tátil, a impressão visual. Como que a suspensão dos barulhos das vozes em volta. Um carinho. A imensa felicidade, o espanto: a novidade. O calor esquisito que lhe correu a espinha, do topo do crânio ao quadril. Imensa felicidade. Era como ela lembrava, pelo menos. Essas coisas são traiçoeiras.

Domingo, muita gente.

Famílias todas juntas, adultos, crianças, bagunça. Aquela curiosa sensação de que cada mesa segue independente, ao mesmo tempo que divide o ruído branco total. Compõe. Um lugar coletivo de espaços que se pretendem individuais, e que individuais se mantêm, quase sem esforço e sem nem dar por isso. Um coletivo de aquários com casais, grupos de colegas, famílias.

Cada conjunto, cada par no centro da sua própria experiência contra o pano de fundo alheio. Cada conjunto e cada par transformando em ruído sem sentido o que para os outros é conversa, é o centro da sua própria experiência.

O restaurante caótico.

Lia olhava em volta, desinteressada da conversa na sua própria mesa, mas sem conseguir isolar palavras, frases das conversas alheias que, essas sim, despertavam curiosidade.

Contida pelo instinto de não deixar os outros perceberem que buscava prestar atenção, não queria ser mal-educada, ou vista como mal-educada. Mas discreta tentava entender o que os outros falavam. Famílias, casais, grupos de colegas. Uma festa, uma reunião, um rompimento. Alegria, tensão, rotina: restaurante de domingo.

Os pedidos estavam demorando. Lia tinha fome e continuava isolada da conversa (que de fato não lhe dizia respeito) na sua mesa. Perguntou onde ficava o banheiro. Era alguma coisa para fazer enquanto esperava.

Logo ali atrás, está vendo aquela cortina de fitinhas?

Não tem porta, o banheiro?

Ali é só a pia. Tem um banheiro de cada lado.

Lia levanta, olha em volta, vai. Nunca tinha visto

isso de cortina de fitinha. Na casa dela pelo menos nunca teve. Só olhava aquilo. Aquela parede estável. Friável. Imóvel, móvel. Tinta.

Nos poucos metros entre sua cadeira e o banheiro, nem lhe ocorreu mais prestar atenção nas conversas alheias, tentar entender o que segundos antes lhe pareciam vidas válidas, interessantes, expostas e inacessíveis. Pensava somente na cortina. Queria apenas atravessar aquela cortina.

Chegou ao limiar, parou um segundo, já sentindo o cheiro de eucalipto na luz mais forte sobre a pia. Parou um segundo diante da porta de fitas. E por alguma razão impensada não usou as mãos para afastá-las. Atravessou com o corpo reto, nariz, bochechas e testa trançados entre as fitas de tantas cores. Tão leves.

Fechou os olhos sem nem pensar.

Foi um dos momentos mais lindos que teve na vida.

Lia guardou para sempre. A sensação tátil, a impressão visual. Como que a suspensão do barulho das vozes em volta. Um carinho.

Era como lembrava, pelo menos. Essas coisas são traiçoeiras.

Não tinha nem sete anos.

3.

Chuva fina, peneirada. Uma chuva que mal parece descer, quase flutua. Chuva que mal seria chuva, sujeita que fica aos caprichos de uma brisa qualquer. Que pode vir de várias direções ao mesmo tempo.

Gelada.

Gotas impossivelmente finas. Garoa que parece impenetravelmente densa. Quase oleosa na capacidade de querer buscar pele, roupas. Uma chuva com a missão de penetrar. De envolver e penetrar. De entrar por trás dos óculos, correr por entre orelha e cabeça. Chuva de empapar golas, ribanas, sobrancelhas.

Água, muita.

Pouco frio.

Ruas vazias também, de poucas pessoas que caminham embrulhadas em si mesmas, cabeça baixa, cara emburrada, irritadas pela chuva. Cada uma encarando aquilo como um acinte pessoal. Cada uma mais fechada em si, e bem por isso mesmo.

Lia deitada.

Seu braço esquerdo, estendido, de certa forma dá travesseiro à cabeça. A mão direita parece a caminho do rosto. Apenas parece, dada a imobilidade da mão inconsciente. A mão direita sugere que o rosto inconsciente de Lia pretende declarar alguma coisa à ponta inconsciente de seus dedos inconscientes. Apenas sugere.

Lia tem o tronco semirrotacionado. Não exatamente de bruços, está mais apoiada no flanco esquerdo. O que, junto com a posição dos braços, sugere um movimento de torção no corpo imóvel. Lia lembra a Perséfone da escultura de Bernini em Roma. Imobilizada em meio ao mais violento movimento. Ação congelada.

Apenas as pernas desmentem o movimento captado em meio. Onde se poderia esperar a direita mais recolhida, a meio passo, se veem duas pernas mais ou menos estendidas, mais ou menos entrançadas, com pés que parecem apontar para vários lados simultaneamente. Meia Lia, a Lia superior, parece adormecida, aconchegada. Meia Lia, a Lia de baixo, parece convulsa, tropeçada, vencida, agarrada por alguma potestade inferior, ctônica, que a derrubou.

O rosto da Lia de cima está oculto. O cabelo lhe encobre os traços.

A ponta de um dos pés da Lia inferior está mergulhada numa poça.

Vista de perto, Lia é um amontoado de tecido vermelho e couro marrom brilhando por cima das pedras daquelas infernais calçadas curitibanas. Sua bolsa está caída a alguns passos do braço esquerdo, semiaberta, revirada. Um guarda-chuva pequeno, meticulosamente enrolado (fechado) está quase aninhado à sua cintura. Vista de perto, Lia respira.

Vista de longe, da janela do sétimo andar do prédio da esquina, Lia é mancha vaga entrevista por entre a névoa constante da chuva que cai, que venta, que sobe e não passa. Uma mancha à qual acorrem duas outras. Mulheres. Uma delas, a mais jovem, já no movimento de se agachar para falar com Lia, afastar seu cabelo do rosto. A outra, a mais magra, leva as mãos à cabeça coberta por um lenço (uma echarpe?) de flores.

Outras pessoas se afastam.

Outras ainda fingem que não se afastam.

Um ônibus amarelo sai do ponto a poucos metros dali.

Por trás da janela do sétimo andar do prédio da esquina, a mão que ia ao telefone agora se recolhe. Aquelas duas vão tomar conta da situação. Não é problema meu. Melhor nem me meter com esse tipo de coisa. A gente não sabe em que embrulho pode acabar se envolvendo, não é verdade? E se pedem meu nome na hora de chamar a ambulância? Quero nada com isso. Devia estar bêbada mesmo. Caindo de bêbada, a desgraçada.

Mas, mãe do céu, como é que a senhora me diz uma coisa dessas? E se fosse a senhora?

4.

O casal está à mesa da cozinha. Casais, cozinhas e mesas são coisas de certa estabilidade. Houve e haverá casais. E mesas: cozinhas.

De início estão sentados. Mais ou menos de frente um para o outro, malgrado o redondo da mesa. Não parece que se trate ou tenha se tratado de uma refeição. Nada sobre a mesa. Nada na pia ao lado.

Até o horário do dia é incerto. Luz interna. Interior.

De início estão os dois sentados e ela diz alguma coisa em voz mansa. Contida, sem praticamente erguer os olhos da toalha. Sem se dirigir a ele. Marido.

É o marido.

As alianças iguais, curiosamente usadas no dedo "errado" por um e por outro, bastariam para deixar clara a ligação dos dois. Além disso, a postura corporal ali delata corpos cujas linguagens são reciprocamente conhecidas há não pouco tempo.

Ela fala por alguns minutos. Sem quase erguer os

olhos. Quase. Contida. Mandíbula travada, queixo no peito. Quase.

Ele, enquanto isso, se irrequieta. Começou com uma expressão curiosa. Que passou a apreensiva e mudou para chocada. Agora parece beirar a raiva. Como se ele não soubesse lidar com o que ela está dizendo. A mão no cabelo o tempo todo.

Abre mais um botão da camisa.

Arregaça as mangas. Ele parece, melhor dizendo, é como se ele não soubesse lidar com o mero fato de ela estar falando. O que ela está falando talvez lhe seja de pouca importância. Nem mesmo é certo que depois de alguns minutos ele ainda esteja ouvindo o que a mulher diz. Esposa. Ele agora vive a fúria.

Ela terminou.

Pronto. Disse o que tinha a dizer. Enxuga uma única lágrima no canto do olho esquerdo com aquele dedo errado de levar a aliança. Engole duro. Pesado. E lenta ergue os olhos da toalha.

A cadeira, o encosto da cadeira, bate no balcão que fica a quase um metro, tamanho o empurrão que ele lhe dá ao levantar bruscamente e bater com as mãos espalmadas na tábua da mesa. Uma, duas, três vezes, ainda sem dizer palavra.

Olhos cravados na esposa, começa a estender o

braço direito e se contém, segurando-o com a mão esquerda crispada e levando de novo os dedos à cabeça. Agora ao rosto. Faz meia-volta, dá-lhe as costas, grita para o teto. Nenhuma palavra articulada. Mero grito. Uma boca escancarada, uns olhos apertados e um pescoço... um pescoço que era só veias, cabos, nervos e tendões, tensão.

O susto dela é grande. Quase dá um pulo para trás, mas sua cadeira está num canto da cozinha, junto à parede, o que pelo menos evita, naquele momento, que caia. Resta presa.

Os próximos poucos minutos são muitos.

Ele anda pela cozinha ainda gritando, batendo portas, chutando armários. Entre ela e a porta, única saída. Agora os gritos dizem coisas. E as coisas são contra ela. Como louça, arremessadas contra ela. Que resta de olhos imensos, queixo caído.

Só que à medida que aquilo se prolonga, os olhos dela, sua boca se recompõem. E no lugar do choque, no lugar do pasmo, ela vai sendo tomada por uma gigantesca tristeza. Decepção. Frustração. Sua cabeça, enquanto ele bate a mão aberta nos azulejos ou, fechada, nas portas dos armários (que saltam novamente abertas assim que fecham com estrondo), sua cabeça vai começando, vai começando a oscilar, a oscilar de um lado a outro, de um lado a outro, lentamente. Lentamente dizendo que não.

Com clareza.

Muda, mas Não.

E quando ele volta à mesa, pesa de novo as mãos imensas no tampo e baixa o corpo todo como que para encará-la firme do outro lado, suado, amarrotado, descomposto, ela está calma. Firme. Enxerga bem. Já mal quer saber.

E calma, calma, calmamente, diz apenas. Ela nem é tua filha, cachorro.

5.

Lia sempre teve cabelo muito fino. E pouco. Pouquinho cabelo. Daquele tipo que, com a luz certa, deixa até ver a cabeça. Enxergar o couro cabeludo.

Ela sentada no sofá de casa, um pouco com sono, na frente da TV desligada, do lado da peônia que murchava no vaso. O sofá era de um tecido amarelo bem suave, e a peônia, ainda uns dias antes, tinha praticamente tudo quanto era tom de rosa. Um desbunde. Exagero de flor. Mas agora, cabisbaixa, andava rala de pétalas, todas mais claras, mais secas. E muitas já voltadas à terra.

Não foi Lia quem plantou a peônia. Mas agora era ela quem cuidava da flor.

O motivo de a televisão estar desligada, e Lia com um pouco de sono, era que ela não estava sozinha na sala. Havia três meninas com ela. Uma na cadeira de balanço, sem sapato, meia roxa. Pernas encolhidas no assento. E duas juntas, amontoadas na poltrona verde. Lia, sozinha, ocupava um canto do sofá: o lado que quase encostava no vaso.

Uma menina era japonesa. A outra, não. Essas, as duas da poltrona verde. As apertadas.

A terceira, que balançava de leve e não parava de falar, olhos imensos de alegres, tinha o cabelo bem fino também. Com o queixo apoiado nos joelhos recolhidos, deixava ver a pele rosa da cabeça. Foi ela quem convidou as outras duas. Estava orgulhosa e animada com sua festa particular. Foi ela também quem insistiu para Lia ficar ali conversando junto depois da janta. Insistiu mesmo, de querida que era.

E Lia agora ouvia a conversa das três, fazendo um ou outro comentário, normalmente uma pergunta, só pra ver o que elas diziam, como pensavam, o quanto sabiam, o quanto diziam pensar que sabiam. E com que convicção, meu senhor.

Lia achava bonito.

Moças.

Sentiu uma coceirinha na cabeça e ergueu a mão. Casquinha solta.

Nã.

Estava solto demais aquilo. E era meio grande. E... e estava se mexendo. Ui, que era um bicho! Credo. Um bicho na cabeça, meio enroscado no cabelo, meio querendo sair sozinho sem conseguir. Coitado.

Ela não queria chamar a atenção das meninas. Não queria dar a impressão de que era uma velha grudenta futucando carepa. Já tinha passado do tempo normal de alguém coçar a cabeça em sociedade. Não queria demonstrar que de fato tinha um bicho vivo emaranhado no cabelo.

Conseguiu catar o inseto, desembrulhar dos fios do cabelo e tirar o bichinho dali entre dois dedos da mão esquerda. Baixou a mão no colo, ainda sem olhar, mantendo o sorriso meio mole na direção das meninas. Que mal perceberam. Nem se preocupe.

Arriscou uma espiada.

A coisinha era um meio caminho entre mosca e besouro. Preta e corpulenta, umas pernas compridas atrás. Uns culotes. E coberta de pelinhos finos.

Tinha asas, mas não voava. A coisinha parecia estar morrendo. Mas Lia nem tinha apertado nem esfregado aquilo no cabelo quando pôs a mão. Não foi ela. Cruzes. Tinha certeza. Tirou aquilo da cabeça com todo o cuidado.

* * *

Só que o bicho ia morrer.

Lia, mãos postas no colo, conseguiu passar a quase mosca para a outra mão e, simulando um gesto de sono (Ai, droga! Sono não, Lia, vai parecer que você está dando indireta!) que rapidinho transformou num estranho modo de se ajeitar no mesmo lugar, largou o inseto de costas, contorcido, na terra da peônia. E nem na terra foi, que sem ter grandes escolhas, sem querer chamar a atenção, ela acabou foi largando o coisinho em cima de uma pétala caída, clara-clara… E ele ficou ali, exposto, virado, longe dos olhos das três gracinhas que mal davam bola para aquele lado inteiro da sala, revirado, retorcido, morrendo de costas tão cedo.

Podia levar dias.

Podia ser a qualquer momento.

O bichinho estava morrendo a olhos vistos. Ia morrer ali e ela ia ver.

Fazia questão.

Por respeito.

6.

Chegou a sentir o gosto de um tanto de sangue.

Suas pernas, sem que ela se desse conta, já tinham começado a ceder. Elas como que queriam ceder. Líquidas, iam se desfazendo. Mas a mão esquerda de Lia seguia fechada. Fechada cravada. Se naquele momento ela fosse capaz de prestar atenção no que lhe pareceriam detalhes desimportantes, perceberia que uma de suas unhas estava prestes a romper a pele da palma. Vibrando muito, mas muito levemente.

A outra mão tinha se afastado, no gesto de se erguer em resposta. Em reação. Um mísero instante antes. Instantes depois do fato. Mas quase tão rápido quanto subiu, a mão parou. Se deteve antes mesmo de começar o movimento, antes de ir às vias de fato.

Ventre tenso, ombros contraídos e curvos, braços ativamente ancorados onde estavam, diafragma rijo travando os pulmões no impulso de trazer mais ar... O corpo de Lia da cintura para cima era moldura para o vazio de repente surgido bem no centro da barriga. Um oco, um fundo: um vazio.

Reviravolta estranha, mole, frágil, indesejada e repulsiva, que ameaçava a qualquer momento lhe subir à cabeça. Como se o corpo todo duro de Lia estivesse derretendo de baixo para cima. Virando água. Mas não podia ser água. A tensão que trazia ainda entre quadris e pescoço só podia ser desfeita por coisa mais ácida. Coisa pior.

Os nervos que lhe saltavam no pescoço, se você estivesse olhando, pareciam de fato cabos. Cabos no último grau de sua capacidade de manter a cabeça presa aos ombros. Cabos que lhe davam a volta por sobre o crânio, garantindo algum travamento estrutural a um conjunto que, não fosse por isso, estaria prestes a estourar. O queixo... a mandíbula de Lia era a contrapartida da pressão sobre a calota craniana. Eram esses dois ossos que estavam sendo estabilizados por aqueles cabos. A cabeça espremida. Para não explodir. Dentro da boca, a língua tinha se recolhido, mola presa e de fato presa entre os dentes, dos dois lados. Levemente mastigada. Vinha dali o tanto de sangue.

Seu rosto parecia também comprimido (aqueles cabos de tensionamento...), querer convergir para a ponta do nariz que, como a mão esquerda, vibrava levemente. No imenso olho esquerdo, brilhante, surgiu morna uma lágrima gorda, como que espessa. Viscosa. Profundamente indesejada. Traidora.

Ela tentou mexer muito contidamente a musculatura que lhe cobria os zigomas, aparente tentativa de oferecer uma base mais ampla àquela água. Como que para empoçar o que a inundava. É curioso que, durante o monte de sensações que lhe tomaram o cérebro nos últimos quem sabe três segundos, a primeira coisa de que teve clara consciência talvez tenha sido este desejo: por favor não caia.

Diante dela a outra. A mãe. Sentindo ainda um formigamento na mão direita que não tinha retornado do arco do gesto. Olhando surpresa (surpresa?) a marca vermelha no rosto da filha. Tendo notado surpresa (surpresa...) o esboço do gesto da mão direita de Lia, em reação. Meio passo atrás. A mãe. Mais baixa que Lia já há mais de um ano. Mais seca. As duas na porta da cozinha. Uma encostada em cada batente. Ou quase.

Do lado de fora da casa, um bando de tirivas fazia um escândalo absurdo. Enfurecido. Fim de tarde. Cáustica, a lágrima lenta desce quente, escorre, densa.

8.

As meninas brincavam sempre no terreno em frente à casa da Wanda. As gurias e os piás. Às vezes num grupo só, às vezes num conjunto que ia sofrendo mitoses e aos poucos lascando pedaços soltos de um mesmo bando. Pares, trios.

Naquele dia (devia ser sábado, quando o tempo era mais longo) o grupo não era dos maiores. Fim de tarde, e estavam todos juntos decidindo. Não queriam jogar bete-ombro ainda por causa do "incidente" de uns meses antes. Lia achava que no fundo todos queriam jogar bete-ombro, mas olhavam desconfiados para ela e mudavam de ideia.

Na falta de ideia melhor, alguns se esfiaparam do grupo e saíram à toa para a praça a um quarteirão dali. Umas expedições que eram só jogar conversa fora, mas que ainda pareciam vagamente transgressoras. Como bem deviam, na verdade. O terreno em frente à casa da Wanda era solo seguro. E só.

Os que sobraram não conseguiam encontrar grandes projetos. Para Lia, tudo porque o jogo normal, a alternativa de sempre, estava no momento eliminada. Mas não foi ela quem acabou sugerindo a corrida. Jogar corrida, como eles diziam. Deve ter sido a Wanda, com aquelas pernas compridas.

O espaço era grande, uma linha reta de uns setenta metros se você ficasse sempre pertinho do meio-fio para evitar o mato que às vezes lançava braços mais audazes e o resto das coisas (cacos, tijolos, pedaços de mesa, um saco de cimento) que com os anos foram indo parar naquele terreno. Ratos? Talvez.

Foram todos para a esquina, seis ou sete àquela altura, dar a largada.

É até passar o muro da casa da dona Luz, tá bom?

Um...

Dois...

Três...

Não. Não. Não. Era pra esperar dizer Já. Alguma risadinha solta, mas todo mundo sabia que o Nílton fazia de propósito. Fazia pra chamar a atenção, pra irritar. Ou pra ganhar a corrida mesmo.

Depois disso, a primeira foi como sempre... o Nílton ganhou. Se eram mesmo sete, Lia deve ter chegado em quinto. Alguma coisa assim. Ela não tinha muito fôlego. Meio gordinha na época, e por mais uns anos ainda.

Mas ninguém queria que o Niltinho ganhasse de novo. E decidiram transformar aquilo de corrida em campeonato. Meninas contra meninos (estava só o Niltinho e aquele irmão mais bobo dele). Ou cada um por si. Não ficou muito claro. E toca andar de volta pro ponto de partida lá na esquina, porque correr no sentido contrário não passava pela cabeça de ninguém.

Segunda bateria. A Wanda, que era a mais velha, ganhou com algum esforço. Mas teve gritaria, porque o Nílton disse que seguraram a camisa dele. Era desempatar então. Quiseram correr só os dois, mas como as regras do campeonato não eram tão claras todo mundo quis entrar também. O dia estava acabando. Logo as mães iam começar a chamar. Ninguém queria ficar olhando à toa. Só o irmão mais bobo do Nílton, que disse que ia cronometrar de cabeça.

Lia, nessa segunda corrida, se deu um pouco melhor. Não muito. E ninguém percebeu.

Terceira corrida. Leste-oeste. Junto ao meio-fio. Tudo de novo. Um, dois, três... já. O irmão do Niltinho dispara a contagem.

E Lia dispara a correr.

É estranho. A lembrança que ela tem dessa corrida é distendida, dilatada, como se tivesse durado uns quinze minutos. A primeira metade foi igual às outras, ela caindo de posição. O Niltinho e a Wanda na frente, aos poucos abrindo distância. Mas foi aí, mais ou menos na metade do caminho, respirando pesado, bufando, suada, que Lia percebeu que aquilo não era correr de verdade. Que todo mundo estava repetindo os mesmos movimentos, respirando do mesmo jeito, querendo chegar antes, mas todo mundo ainda detido por alguma coisa. Algum tipo de amor-próprio. Como que um freio de mão. Ela não. A partir dali, não. Decidiu abrir aquela válvula que faltava, correr aquele tanto a mais, na velocidade que lhe restava de reserva, sentir os pés quase sem tocar o chão, a cabeça se inclinar um tanto pra trás, as pedras soltas passarem voando por baixo dela, prestes a cair de verdade, prestes a decolar, solta da terra, flutuando livre do cuidado de se prender ao chão do mundo, irresponsabilissimamente acelerada, mais que todos, mais que qualquer pessoa, ultrapassando quase sem notar o Niltinho e a Wanda ainda a quilômetros da linha de chegada, perdendo-se dos outros, perdendo-se sozinha, simplesmente porque não cuidava de mais nada, não zelava por mais nada.

Ela estava correndo de verdade, sem pensar na própria pele; era corpo sem ossos que pudessem quebrar. E o vento. Ah, que maravilha o vento que ela mesma fazia na pele...

As meninas ganharam o dia.

Lia não deixou o Niltinho assinar o gesso.

9.

Eu?

Lembro. Lembro sim. Claro que lembro. Imagina.

Afinal eu passei não foi um, não foi nem dois, mas foi bem uns quatro ano contadinho, quase, trabalhando lá no prédio. Quase quatro. Edifício Itajubá. Gente fina. Trabalho bom. Eu lembro bem dessa aí. Mulher bonita, assim altiva. Espertigada. A gente lembrava dessa dona quando via nem que fosse uma vez.

Mas o negócio é que pra trabalhar assim nesses prédio mais fino, ou pra trabalhar, ponto, nesse ramo nosso de zeladoria, você aprende meio que a ver sem enxergar, sabe como? Ver sem enxergar? Não dá pra ficar espiando a vida das pessoas que te pagam. Porque elas precisam da privacidade lá delas. Você tem meio que ser assim invisível, sabe como? Você limpa bem, tira tudo que for feio do caminho, mas se der você nem aparece pra elas. E muito menos fica parada de olho em cada moça senhora que entra no prédio. Por mais que seja altiva a dita. E chamativa. E por mais que entre e saia to-da-ho-ra. Pra quem não mora lá nem nada.

Mas não era coisa minha ficar assuntando os porquês, sabe como? Que nem falava na novela… Que essa dona Lia ficava indo lá no Itajubá… Eu fazia o meu serviço e nem por isso. Percebia. Sabia quem era. Beeem direitinho. Ah, sabia. Mas a minha era mais essa de ficar olhando sem ver. E aí vendo sem enxergar de verdade. Se tanto.

Ah, claro. Que você acaba vendo coisa aqui, coisa ali. Essas coisa daqui e dali que vão te dando uma ideia mais ou menos de quem que é a pessoa. Uma história, sabe como? Mas outro negócio que a gente aprende na marra nisso de trabalhar pros grã-fino é que mesmo quando você se distrai e vê, e enxerga o que viu, assim reto e sem contorno, você guarda tuas ideia, você fica com a tuas impressão pra você. Opa! Foi escape! Foi meio assim sem querer, sabe como? Não tem por que e nem dá vantagem você sair comentando o que acha que entendeu das história dos outros. Assim. Dos motivo de uma senhora ficar passando o tempo todo no prédio. Entrando no apartamento dum morador ca-sa-do. Ótima pessoa o seu Laércio. Encontrei ainda esses dia na feira.

Não tenho nada que ficar especulando a vida dele nem de ninguém. E mesmo que eu tivesse não ia sair falando do meus especulo por aí. Assim que você faz o teu nome nesse nosso ramo de zeladoria aí.

Olha, se eu tiver que falar eu vou ter que falar que sim. Porque era só quando a dona Zilá não tava. Só quando ele ficava sozinho. E não era assim visitinha de quinze minuto não. Era bem bem mais. Era meio de chamar a atenção, sabe como? Por mais que eu fizesse a minha força pra não enxergar. Um entra e sai danado. Se é que você me entende.

Durou bem uns dois ano. Pelo menos até eu sair do Itajubá por causa de umas intriga da moça... da outra moça lá da limpeza. Se não fosse por isso acho que eu tava até hoje no prédio. Tava fazendo o meu nome já. Tava me cuidando. Puta vaca aquela lá. Desculpa.

Mas foi isso, então, até onde eu posso dizer pro senhor. Nem que eu não quisesse ver, sabe? Porque era direto. E era na caradura. Na frente de todo mundo.

É.

Com essa tua dona Lia foi assim. Por isso que eu posso dizer que conheço ela bem.

Aquela cara de dissimulada. Aquele jeito de fingir que não via a gente. Aquela pose de rata peluda andando pelos canto escondida porque sabia que tava fazendo coisa errada, errada, errada!, mas ao mesmo tempo pisando que nem se fosse a rainha do Quenquém. Uma cara de nem-me-olhe. Não sei. Não parecia boa coisa ela. Não tinha nada que ver com o seu Laércio. E muito-muitíssimo menos com a boazinha da dona Zilá.

Não.

É claro que eu não posso saber-saber, assim. Mas a gente não é cega, né? E a gente viveu uma coisa ou outra nessa vida. Isso eu te digo. Que eu sou boa nisso de avalinhar as pessoa. Já da primeira vez que eu vi. É da pessoa. Tá nela. É uma coisa que não lava. Que não sai. Da única vez que ela apareceu no prédio arrastando aquele filhinho dela já deu pra ver a pitoja na cara do menino novinho daquele jeito, benza Deus.

Não?

Mas então essa Lia não era a dos olhão azul? Morena assim, bonita?

10.

É só o que você faz quando quer acalmar um nenê.

(Lia está sentada no chão, apoiada na porta de entrada, abraçada aos joelhos. Já passou da hora do dia em que se devia ter acendido uma lâmpada. Mas quando ela fechou a porta e se deixou ficar pelo chão o sol ainda estava na janela.)

É o seguinte. Primeiro você verifica os motivos mais óbvios. Se a criança sujou a fralda, se está com fome. Talvez ela tenha alguma dor e seja melhor ir ao médico. Quem sabe seja apenas sono. Mas em alguns casos a criança simplesmente está infeliz. Descontente. Irritada, talvez?
É difícil saber ou supor o que se passa na cabeça de um ser sem linguagem. Lia lembrava de ter visto a filha de mãozinhas fechadas, cara quase roxa, berrando feito louca, depois de já ter (ela, Lia) verificado os tais moti-

vos mais óbvios. E a menina, nada. A menina ali gritando incontida, sofrendo, sofrida. Lia lembra de ter pensado fale, menina. Me diga. Por favor me diga o que é. Porque é difícil saber enquanto elas não falam. Parece revolta.

Não é anormal que crianças de três anos, por exemplo, tenham uma compreensão súbita e muito direta da morte. Da mortalidade sua e dos pais. Que fiquem inclusive algo obcecadas por essa ideia. Pode não ser a regra. Mas não é de todo incomum que seja assim bem cedo. Quem pode dizer o tipo de impacto que uma ideia como essa tem num cérebro de três aninhos de idade? Quem há de imaginar o tipo de choque que esse mesmo cérebro pode ter sofrido com três meses? Parece revolta. É difícil saber.

Às vezes a criança simplesmente chora. Qualquer pessoa.

Nesse caso, o que você faz é pegar no colo. Levanta a criança do berço (é o que você faz se for a Lia). Leva até um canto quieto, normalmente ao lado de uma janela. Ela não sabia por que a janela parecia fundamental. Mas parecia.

Claridade? Clareza?

Erguia a criança do berço, punha no colo em diagonal, a cabeça bem perto da sua, sustentada por trás por dois dedos ou pela mão inteira, a depender do tamanho da filha em cada ocasião (o tempo passa). O importante é que o rosto da criança se encaixe na curva do pescoço. O importante, para as duas envolvidas, é sentir pele contra pele, calor no calor. Cheiro. Pele e cheiro. Porque é aqui, porque é a partir daqui que a própria criança, no fundo do seu desespero incompreensível, passa a ser a fonte da calma que você precisa ter para acalmar a criança em seu desespero profundo e inapreensível. Você respira a tua filha, inspira.

E começa, Lia.

Tudo que você tem que fazer é fazer nada. É se manter calma. Respirar leve, lentamente. E não se abalar. A nenê vai gritar. Vai tremer. Mais velha, vai bater em você com as mãozinhas fechadas. Vai tentar rasgar o teu mundo, já que o dela está errado. E você precisa se manter calma, Lia. Calma.

Inabalavelmente calma.

Você precisa demonstrar à criança que ela não vai conseguir alterar o teu estado de calma. E você só consegue isso ficando calma de verdade. Não tem como fingir. É sentir essa calma vir do fundo, vir de dentro, vir à tona, sabendo que só com ela você consegue fazer a tua filha parar de sofrer com a coisa que nem ela consegue entender.

É o teu presente.

É a tua força. Ficar calma. Respirar lenta e levemente.

E quando a criança percebe que é em vão, e quando a menina desiste, quando cede, como um cavalo xucro que roda preso à corda e nem a vê sendo encurtada, recolhida, com toda a paciência do mundo, dando ao mundo todo todo o tempo do mundo, calmamente... ela se aninha. Ela se alinha com a tua respiração delicada. Ela acata. E se acalma.

Você vence porque não tentou lutar.

Você ganha o presente que dá.

É simples. É estar ali e ser, no meio do horror, aquilo que não é horror.

É esperar. Com calma.

(Lia está sentada no chão, desesperada, tentando aprender a fazer por si própria o que um dia fizeram por ela. O que a Lia mesma já fez pela filha. Tentando pôr-se calma e não lutar contra a própria mente, acelerada, esperar que a celerada mente entenda, acelerada, e desista, que acate, se alinhe, alinhave, com calma.

Mas assim é mais difícil. Por ela mesma é mais difícil.)

Espera, Lia. Pausada. Leve e suave.

11.

Ela tinha ido a São Paulo. Era para ser, era para ter sido coisa rápida, indolor. Sair de casa cedo, almoçar na Paulista, compromisso à tarde, correr de volta para Congonhas. Coisa tranquila, que ela já tinha feito outras tantas vezes. E começou dando tudo certinho.

Decolou, pousou, almoçou. Teve tempo de dar uma caminhada. Chegou com sobra de adianto. Rotina. Bem recebida. Alguns colegas ficaram depois para fazer perguntas ou só se darem a ver. Lia saiu no horário e chegou a Congonhas de novo com tempo. Comeu um salgado e um sonho, tomou um refri e se encaminhou ao seu portão de embarque.

Isto nunca tinha acontecido com ela, droga. Assim que encontrou o portão e ia sentar e abrir o livro, um aviso no áudio. Voo cancelado! Voo cancelado? Voo cancelado...

Seguiu com o rebanho de desvalidos até o balcão da companhia, conforme instruções. Quando chegou sua vez de ser atendida, não tinha mais lugar no voo seguinte. A moça, com a consternação de polipropileno de quem todo santo dia dá notícias ruins porém irrelevantes, disse que a empresa ia pagar uma diária de hotel e o transporte para lá. Fazemos questão. Lia voltaria para casa só na manhã seguinte.

O quarto era pequeno, mas ok.

Ela não era exigente, só queria descansar. Tomou um banho meio morno num chuveiro minguadinho (por sorte levava sempre uma calcinha e um kit de emergência na bolsa) e caiu na cama. Se ajeitou um pouco, apagou a luz e... sentiu frio.

Putchalá.

Nada de conseguir dormir com aquele gelo. Levantou, fuçou um pouco o armário do quarto e encontrou mais um desses cobertores esquisitos que parecem feitos com algum material reciclado, mas que são quentinhos, apesar de leves daquele jeito. Colocou por cima do outro e deitou de novo.

Fria. Gelada. Impossível. Não ia ser assim tão simples, dona Lia.

Levantou de volta (o humor a essa altura já não vivia seus melhores momentos) e pegou a colcha grossa que cobria a cama quando ela chegou. Colocou por cima dos dois cobertores. Deitou outra vez, apagou outra vez a luz, fechou os olhinhos, esperou ficar com frio e... de fato ficou com frio.

De novo com frio, santa madre.

Foi ver se por acaso o ar-condicionado tinha ficado ligado, e ah, cacilda. O ar-condicionado. Tinha uma fresta de uns dois dedos entre o aparelho e o buraco em que ele se acomodava na parede, nitidamente feito para outro maior, de tempos mais antigos. Daí o ar frio. Do ar-condicionado, quem diria, mas não do ar-condicionado. E não tinha mais cobertor no quarto. E pelo jeitão do rapaz da portaria, Lia não tinha a menor vontade de falar com ele.

Frio.
Irritação.
Cansaço.

Mas foi aí que tudo mudou. Foi aí que ela decidiu encarar o problema com o que tinha à mão. Carregar o peso que fosse necessário. Levantou uma vez mais da cama, puxou dali a colcha e os dois cobertores. Depois de um segundo pensando se era isto mesmo o que lhe restava, dobrou os dois pela metade (eram de casal, ou quase, e ela era pequena). Estendeu tudo aquilo bem retinho na sua metade da cama. Com a colcha, fez o mesmo, criando uma capa bigrossa para seu prospectivo sanduíche de Lia. Admirou seu construto e deitou.

Se acomodou. Deitada, luz apagada, esperou um pouco. Acomodada. E foi lhe vindo um sorriso todo novo.

O peso de toda aquela roupa de cama dobrada a transformava numa panqueca inamovível, contida em si própria, presa no calor que emitia sozinha, feliz e prensada. Aquilo era um abraço, e infantil mas inequivocamente viu que parte da tal felicidade repentina vinha do orgulho de ter sido capaz de resolver com as parcas armas que o destino lhe dera tal problema termodinâmico, completo e assim tão fundamental. Remexeu com delicadeza as pernas, construiu uma garaginha nos cobertores e ali acomodou os pés. Com as cobertas acumuladas debaixo do queixo, Lia de costas era múmia, um bebê, um pãozinho na fôrma.

Dormiu o sono dos justos.

12.

Eles se conheciam já havia algum tempo. Se falavam. Se conheciam, afinal. E só. Lia nunca deu grandes bolas para ele. Era um sujeito. Uma pessoa a mais na vida. Alguém sem maiores motivos para ódio, rancor, estima, sem razões quaisquer de amor.

Bernardo, se chamava.

E aquele dia também não era de grandes excepcionalidades. Nada parecia fazer supor o tamanho da mudança que estava para acontecer. Dia normal, situação normal, nenhuma importância nas tarefas, nos contextos e nem mesmo na conversa. Anos depois, ela nem lembrava por que tinham ficado os dois ali sozinhos, que pretexto tinha gerado a conversa, nem qual tinha sido o assunto. Lembrava só que, quando sentiu que sua vida ia mudar para sempre, estavam os dois conversando sozinhos. E sozinhos de uma maneira irreal, de um modo que só pode existir na lembrança, só cabe, só é concebível na distorção que opera a lente da memória.

Como nessas fotos de foco forçado, em que apenas os dois estivessem nitidamente delineados contra um fundo frouxo, indefinido, composto talvez de pessoas, paisagem; de plantas, ruído. Um cenário. Um abismo. Um mundo inteiro. E apenas os dois percebidos em linhas claras, perfeitas.

Pois se nem mesmo a fala... nem mesmo o assunto da conversa ela recorda.

Eram os dois ali trocando ideias, talvez discutindo algo recente, quem sabe falando mal de um conhecido, mencionando o tempo inconstante, aquele frio fora de hora. E ainda nada na postura dos dois, nada no intervalo imóvel de ar entre eles fazia supor que algo gigante estava para acontecer. Nada estava tenso, nada se entendia nem prenunciava. Não havia "clima".

Cinza. Como Bernardo até ali. Sempre parte daquele fundo borrado até ali. Fácil, leve, leviano, simples, esquecível Bernardo. Mas aí veio o gesto. Sem contexto, sem cenário, sem memória.

Ela começa aqui.

A lembrança que Lia guardou por toda a vida, em ricos detalhes. Sinestésicos, cheios, harmônicos. A mão do Bernardo que sobe, se dirige ao rosto dela. Nem mesmo da expressão nos olhos dele ela pode lembrar. Estavam olhando nos dela? Desviados de lado pensando em outra coisa, acompanhando outra história? Que peso ele deu àquele gesto que dentro dela demoliu uma viga?

A mão sobe, vem até o lado esquerdo do rosto de Lia e, com carinho, por reflexo, impensada ou detida, retira dali uma mecha de cabelo que então prende atrás da orelha dela.

Bernardo tinha irmãs. Lia lembra de pensar apenas em pensar nisso enquanto parava de falar, perdia o fôlego, tropeçava uma sístole, fervilhava em arrepios. Ele tinha irmãs, devia estar acostumado a tais cuidados, a esses gestos... era nada. Mas o resto todo do seu corpo tremia, dizia sim. Ela quase podia jurar, mesmo anos e anos depois, que fechou de leve os olhos naquele momento. Passou a língua pela boca. Engoliu em seco ao sentir o toque de pouco mais que a ponta dos dedos no zigoma esquerdo, ao acompanhar o movimento de seu cabelo naquela mão, rumo ao flanco da face, até atrás da orelha. Um toque. Um afago que a fez lembrar que tinha pernas. Joelhos.

Um único gesto que tirou de foco todo o mundo e deixou nele apenas aquele novo Bernardo. Que agora ela via pela primeira vez. Um único lance de dados que fez Lia entender plenamente, irreversivelmente, que o dono daqueles dedos, daquele gesto, era o homem de sua vida e que apenas com ele seria feliz.

Mas não era.

E não foi.

13.

Quer dizer, *conheci*...

Isso se dá pra dizer uma coisa dessa de uma pessoa que eu nunca mais vi depois que a gente tinha, sei lá, acho que no máximo uns oito anos. Da escola. A gente estudou junto. Quer dizer, *estudar*, né? Não era grandes coisas que a gente *estudava* naquela época. Com aquela idade. Mas a gente foi da mesma escola acho que desde o maternalzinho.

Claro que eu não lembro dela nessa época. Da pré--escola. Eu na verdade não lembro de quase nada desse tempo. Só umas imagens meio soltas. Às vezes nem parece que era eu. Assim, a mesma pessoa que eu sou agora. Nem parece que eu era eu que eu sou agora, se é que você me entende. Acho que com ela deve ter sido igual...? Um monte de lembranças meio picotadas, em vez de uma pessoa só. Sempre a mesma... Ainda mais assim de criancinha.

Na real eu lembro dela só do primário. Primeiro,

segundo ano. Nem sei direito até onde. Porque eu também nem sei quando que ela saiu da escola. Só que depois dessa época eu não lembro mais dela com a gente. Que era um grupinho meio fechado, sabe? Escola pequena. Eu lembro meio que de todo mundo. Mas a Lia depois de um tempo sumiu. Não sei por quê.

Aí acho que é por isso que a lembrança dela ficou mais... ficou mais *vaga*. Mais desligada do resto da vida corrida, assim emendada. Quer dizer, *emendada*, né? Até parece... Mas eu lembro dela só aí. E pra te falar bem a verdade eu só lembro de uma cena. Só de um momento com ela. Com a Lia.

E eu nem sabia o nome dela!

Assim, depois. Porque todo mundo sempre chamou ela de Lia. E, pela madrugada, né... Naquela idade ninguém tem sobrenome. Aí ela era só a Lia. E mesmo quando me deu assim uma saudade meio esquisita dela, aquela sensação que eu te falei, de que eu tinha perdido alguma coisa grande por não ter prestado atenção nela, de que ter perdido o contato da Lia podia ter sido um negócio triste, aí nessa hora já tinha até Orkut e tal, tinha esses jeitos de procurar as pessoas. Ainda agora, com Facebook, eu ficava pensando que ela bem podia estar por lá. Mas eu nem sabia como procurar. Não sabia o sobrenome nem esse nome inteiro dela.

Lucília, então?

Uia.

Como é que eu ia imaginar... Lia. Sempre foi só Lia, a Lia.

A cena? Essa que eu lembro? Foi. Tem que ser, né? Se eu só lembro dessa cena, e mesmo assim fiquei com a sensação de que ela... de que perder... assim, não ter mais visto ela... de que foi uma tristeza, tipo uma oportunidade perdida... Ora, deve ter a ver, né? Mas não parece. Não.

Não.

Foi só que ela penteou o cabelo pra frente, assim, com a mão mesmo. *Penteou*, né? Ela bagunçou o cabelo dela, virou pra trás na carteira e olhou pra mim. Ela virou pra trás com o cabelo todo despenteado em cima do rosto, com uma cara meio vesga e uns beiços arreganhados, e fez cara de monstra. Só isso.

Monstra.

Claro que ela era bonitinha. Todo mundo era bonitinho com oito anos de idade. (Menos o Atílio... o Atílio, não.). Mas eu lembro assim do contraste. Daquela menina pequeninha, bonitinha, com cara de *monstra*, o cabelo bagunçado. E eu lembro que na hora pensei que aquilo não era uma coisa que a gente esperava das meninas. Aquele tipo de maluquice. No meio da aula! A gente, os piás, tudo bem. Mas as meninas não. E ela, a Lia, ela nunca tinha dado sinal de que era maluquete.

Foi só isso. Só aquele dia. Sei lá por quê!

E eu nunca mais esqueci daquela carinha de monstra. Tão, mas tão lindinha... Porque ela fez pra mim, sabe? Só eu que vi. Ganhei de presente. Lembro que eu ri horrores, querendo não rir, querendo não fazer barulho pra Tia Roseli não ver.

E depois ela virou pra frente de novo e pronto. E ficou só aquilo ali pra sempre.

Depois ela saiu da escola. Acho que saiu.

A gente não dá valor, né, pra uma coisa assim comum, assim no meio da vida toda. Ao mesmo tempo... se a gente não dá valor, como é que a gente guarda? Por que que eu não esqueci esse dia?

19.

A porta era branca.

Era a única coisa branca na cena toda. Enquadrada como se vista de um ponto médio do corredor que justo na porta acabava. Ou, na verdade, corredor que dava em outro, transversal a ele; corredor este (o transversal) onde numa de suas paredes tinha a nossa porta. É sempre estranho descrever o espaço no tempo da língua. Mas tente visualizar.

O que você teria diante dos olhos: certa extensão do corredor à sua frente, paredes nuas, piso frio, luz gelada do teto. Embutida. Dois ângulos retos, esquinos, no ponto em que o "seu" corredor se encerrava e como que afluía para outro, que passava da esquerda para a direita. Ou da direita para a esquerda, claro. Sendo o corredor que sobe e o que desce sempre um e o mesmo.

Na parede esquerda desse corredor transversal, para alguém que o percorresse da esquerda para a direita, no seu ponto de vista, está aquela porta. Mencionada há pouco. Vai sem dizer que essa parede esquerda é também a parede direita para uma pessoa que percorresse o mesmíssimo corredor no seu sentido oposto. Mas foi dito. Valia dizer.

Em resumo. Exatamente à sua frente está a porta. A porta branca que é a única coisa branca nesse quadro, já que as paredes são de um rosa-adoentado, o teto é cinza-mortiço e o piso é o verde de um abacate dissolvido em três vezes e meia seu volume de água. Nem mesmo os rodapés e o caixilho que cerca a porta em questão são brancos, mas de um amarelo como o do plástico que um dia foi branco. Baquelite.

A maçaneta da porta, localizada à esquerda de quem olha, é de metal prateado. Nítida, mas ah nitidamente barato. Fraco. A maçaneta nem tem a decência de permanecer numa altiva paralela ao chão. Ela pende poucamente à direita. E mesmo vista de longe é difícil não supor que seu fulcro folgue no furo em que foi instalada. Supor que ela oscila, que joga.

Nada acontece no quadro.

A porta está fechada, embora se perceba que seu alinhamento não é perfeito e que um pouco dos ares internos escape pelo encaixe entre folha e alisar. O silêncio é total. Ou não. Porque o silêncio nunca é total. Ouve-se o vago zumbido da iluminação, talvez defeituosa. E, com um pouco mais de esforço, ouvem-se vozes que vêm do outro lado da porta branca. Indistintas, confusas, mas claramente agressivas. Há uma discussão inacessível do outro lado da porta branca.

Uma das vozes, feminina, parece por vezes ficar ainda mais perceptível que as outras. Como se tivesse chegado mais perto da porta e da fresta, essa voz. Em duas ocasiões ela parece ter vindo até a própria porta. Na primeira, a maçaneta chegou a estremecer. Na outra, uma palavra masculina quase se fez ouvir.

Louca?

Depois disso as vozes retomaram seus volumes equalizados. Reunidas mais no centro do cômodo aparentemente grande que ficava por trás da porta branca. Até que, sem aviso, sem tremores e sem ondas de fala mais alta, a porta se abriu de supetão, para dentro, e antes mesmo que completasse seu pivô o corpo de Lia explodiu pela abertura, como que se espremendo por ela ao mesmo tempo que ela se constituía em fenda, em risco, em falha geológica. Lia parecia estar sendo fagocitada pelo corredor, tamanha a violência de sua saída pela porta.

Mas, passo afora, ainda com a mão na maçaneta, ela se deteve exatamente no momento em que tinha já começado a exercer sobre a porta uma força que a teria trazido com um estrondo de novo para o encaixe.

Lia quaaase bateu aquela porta.

Seu rosto mostrava claramente que era o que mais queria naquele momento.

Mas se conteve. Parou. Intensificou, ao invés de relaxar, a careta de raiva que ostentava. Puxou o ar uma única vez e encostou a porta com pausadíssima delicadeza.

(Enquanto isso, o silêncio lá dentro era *total*.)

Ela piscou com grande lentidão.

Soltou o ar.

Veio na sua direção.

23.

Lia nunca foi de dormir sem roupa. Menina: camisola e meião. Ou pijama, se a meia não desse mais conta do frio. E calça por dentro da meia. E paletó por dentro da calça. Fazia frio.

Mais velha, saída da casa dos pais, percebeu que se sentia melhor com menos. Talvez os edredons de sua vida de adulta fossem melhores que a soma de cobertores Parahyba empilhados na infância. As mantinhas de campanha. Talvez seu termômetro interno tenha mudado. Ou quem sabe as duas coisas.

Adulta, Lia dormia sempre de camiseta e calcinha. Nada mais. Inverno ou verão.

Mas nunca foi de dormir *sem* roupa.

Só que naquele verão, o verão de dormir sozinha, verão de cama vazia, de espaço fresco no outro lado do lençol, Lia lembra que em algumas noites foi pra cama sem a camiseta. Foi pra cama sem nada, de todo. E não saberia dizer a razão. Não saberia explicar uma conexão. Mas o fato é que estar sozinha na cama grande de alguma maneira parecia fazer mais sentido se estivesse nua. Ou estar nua na cama imensa parecia deixar menos lógico o fato de ela agora estar ali sozinha. Lia não sabia. Nunca soube.

E devem ter sido umas duas, três noites no máximo. E olha lá.

Foi um verão de calor de verdade. Muito, mas muito acima de qualquer média. De dias abafados e noites mortiças. Um tempo sem vento, sem folga, sem alívio e sem alento. Um bafo seco e quente, e só.

No desespero de tentar encontrar algum conforto, Lia abria a janela do quarto. O andar era alto, num prédio isolado. Não fazia mal. Mal não havia. Mas o ar parado do mundo não andava pelo quarto de Lia. Não circulava. E quem rodava e rolava na cama gigante, sozinha, era Lia sem roupa. Pelada. Cansada e triste. Perdidinha da silva.

No desespero de tentar encontrar algum conforto, decidiu então abrir também a porta da sacada pequena que, diante da porta do quarto, formava um ângulo reto com a janela escancarada e, dessa forma, produzia algum tipo de corrente de ar. E assim exposta, assim aberta,

Lia dormiu pela primeira vez descoberta, sem roupa. No máximo duas, três noites.

E olha lá: numa delas, digamos que a segunda dessas três, *talvez* três, ela acorda no meio da madrugada. No meio cravado, perfeito, da noite mais funda.

Silêncio.

Escuridão.

Lia foi ao banheiro. Sem acender as luzes, fez xixi, lavou as mãos, enxaguou o rosto, bebeu água da torneira. Usou a toalha na cara, primeiro sem esfregar, deixando sua água entrar nas fibras do tecido, sentindo o cheiro fresco e a textura macia. Depois secou bem rosto e mãos e, passo pesado, foi voltando para o quarto, para a cama boquiaberta. Amarrotadas ambas.

Silêncio.

Escuridão.

Talvez tenha sido o vento. Um primeiro afago, todo raro, de um primeiro vento naquele verão. Alguma coisa Lia sentiu. Talvez um aceno, algo ralo, daquele ar que vinha pela porta da sacada. E em vez de dobrar à direita, Lia seguiu sem pensar para a porta.

E ali ficou parada.

Enquadrada pelo limiar, pelo alisar, pelo caixilho de madeira clara se postou, imóvel entre as coisas estáveis (carro nenhum, nem vozes, insetos...). Sentindo no corpo todo exposto um vago sopro um pouco morno daquele primeiro vento que nem sabia ainda se seria certo ou se inventado, ela cheirava o mundo aberto à sua frente. Escuridão. Silêncio e paz. E só. Parada no ar parado de ainda há pouco, Lia agora sente o vento. Tocada pelo vento. Movida só por dentro.

Olha lá. Um corpo nu tocado pelo mero ar.

Mulher pelada embalada no vento primeiro.

O mundo inteiro à sua frente. E, no alto, um milhão de estrelas lindas.

29.

O sol que já ia descendo projetava a sombra da carroceria inteira sempre uns metros à frente do caminhão branco, que não desistia. Faróis ainda apagados, contra a luz, afinal, o que nele brilhava era especialmente a grade alta do radiador, prateada, para-lama e capô. O cano de escape vertical, ao lado da cabine, insistia também em de alguma forma refletir uma luz que do sol só podia estar chegando já por caminhos entortados, refletidos, refratados.

O caminhão seguia firme, inalterável, arrastando atrás de si duas carretas independentes. Romeu e Julieta, como se dizia no Brasil. Um caminhão feito trem, puxando duas cargas articuladas que, a quem visse de frente a aproximação do conjunto todo branco, mal se faziam insinuar. Dada, claro, a ausência das curvas. A cara do caminhão era a fachada apenas, reta, irretocada.

Somente se visto do alto era que se poderia deduzir sua composição. Ou da janela de um ônibus, onde eu estava. Aquelas duas carretas atadas uma à outra, gradeadas, cheias as duas de sua carga também branca. Idêntica. Quase mais brancas que a capota que de cima também se veria. Quase mais brancas porque de um branco mais vivo, mais real. Fraturado, mas num dado sentido mais inteiro, íntegro.

Contra o sol aquele branco outro reluzia mais que a cabine por ter a seu favor aquele contrassol, que ainda podia atingi-lo cheio, direto, irretocante. E que brilhava contra o gradeado das laterais e dos fundos de cada carreta, fazendo com o que o metal prateado, menos claro que o da grade dianteira, conseguisse se arriscar em relances mais limpos, mais precisos, mais cortantes do que seria de esperar do prosaísmo de matéria e ocasião.

E conteúdo.

O que enchia afinal as duas carretas eram cargas de topo piramidal, ainda que decerto entupissem quadradas os cantos mais fundos de cada baú gradeado com suas formas redondas também certamente achatadas pelo próprio peso. Eram frágeis as, ainda que vívidas, conquanto viçosas não fossem, cebolas, cebolas, cebolas.

Cada uma era uma perfeita imitação da abóbada de uma igreja ortodoxa russa, em tudo e por tudo idênticas ao ornamento a não ser pela cor ou pela sua ausência em termos visíveis (presença plena em espectro, claro), clara. Outra vez. Juntas, aglomeradas naquelas estranhas pirâmides irmãs, elas singravam a estrada reta, irretocáveis, algo altivas, hieráticas, brilhantes ao sol que as atingia ainda em cheio. Mas essa plenitude algo estática em meio ao movimento constante do veículo era desmentida pelo vento que desse mesmo movimento procedia. Brisa tensa, aragem constante. Porque o ar que passava pelas cebolas arrancava delas o que nelas já cebola mais não fosse. Casca. Pele. Camada. Cascas.

Brancas.

E o caminhão seguia sua rota deixando atrás de si uma espécie de névoa, ou de neve, formada apenas por esquírolas de cebolas ao vento, como pétalas. Vibrando vólucres no ar, tocadas pelas espirais do arrasto da cabine contra o ar que lutava por detê-la. Caindo no chão da estrada, acostamento, ou parecendo nunca mais voltar à terra, em certos casos, encantadas.

Cascas de cebolas bem branquinhas.

No vento.

Voando.

E atrás do caminhão, num carro verde alugado, conversível, com um lenço azul prendendo o cabelo fino que também queria voar dos seus ombros... atrás das pétalas brancas voejantes vinha quem eu nem sabia que era Lia também.

30.

Lia nunca esqueceu do dia em que a mãe lhe explicou a teoria da relatividade. Ou, pelo menos, a relatividade segundo dona Luciana.

Ela estava voltando de uma festinha de aniversário e reclamando que o dia tinha passado rápido demais. Resmungando que a mãe podia ter chegado mais tarde. E foi aí que dona Luciana disse que seria sempre assim: as coisas boas parecem passar mais rápido e as indesejáveis, lentas, lentas.

Anos depois, Lia entendeu também que o caminho da volta sempre parece mais curto que o da ida. A não ser quando não há volta, claro. Décadas depois, foi percebendo que existe algo de inexorável na compressão do dia a dia. Na compressão de cada dia. E leu em algum lugar que isso se deve ao fato de que o nosso cérebro não presta tanta atenção no que já é conhecido, concentrando-se cada vez mais só no que é novo. Por isso, o dia de uma menina de três anos, sempre cheio de coisas que ela nunca viu, parece infinitamente infinito, enquanto aos trinta ela já está na verdade revendo coisas, revivendo rotinas, em meio às quais umas poucas novidades se destacam. A cada dezoito horas acordada, talvez tenha percebido um total de seis como compostas de novidades dignas de nota, de registro. Daí seu dia parecer curto. Daí a sucessão parecer veloz.

Lia, naquela idade, sabia de tudo isso.

E sabia bastante sobre os caminhos sem volta. Supunha.

Mas naquele momento, ali parada diante da cortina entreaberta, por onde entrava uma luz de fim de dia, uma luz de fim da luz, ali parada na sala cuja luz ainda não estava acesa, na sala que ia ficando escura, se apagando, ali parada em contraluz recortada na frente do vidro tão limpo, naquele momento aprendeu uma coisa toda nova sobre o tempo. Algo que até já havia intuído, cá e lá, algo sobre o qual já tinha lido, e que tinha, em outros momentos, por outros motivos, sentada numa almofada, inclusive buscado por si própria, sem jamais sentir naquele grau, com aquele impacto.

Lia descobriu que o tempo pode parar.

Que de repente pode nada acontecer: imobilidade. Que de repente pode tudo se deter, silêncio ou nem silêncio, a não memória de um dia ter havido som.

Restou ali, no intervalo não medido que antecedeu o momento em que o incômodo nos olhos a fez finalmente piscar, toldar a visão, voltando depois disso a um mundo indescritivelmente mais escuro, horas passadas. Sol escondido tão mais.

Lembrou que o tempo das coisas boas é mais dilatado, mas descobriu que certas coisas podem de fato eliminar a passagem do tempo.

Lembrou que o caminho da ida é sempre mais longo que o da volta, exceto quando não há volta.

Lembrou que a pouca novidade dos tempos de mais idade se traduz em velocidade, mas aprendeu que certas novidades podem deter a velocidade e travar o curso de um dia. Percebeu que a escuridão que viu depois de piscar era só o pôr do sol mais adiantado, que, por algum motivo lá todo dele, tinha decidido ignorar a interrupção do tempo de Lia e prosseguido em sua descida de volta ao horizonte, porque todo caminho de volta é mais breve que a ida. Toda ida à escuridão, mais veloz que a luz que nasce.

A ponta da língua de Lia surgiu entre os lábios, que se redobraram para dentro quando ela voltou à boca. Engoliu em seco. Sem uma palavra, movendo apenas o braço esquerdo, largou o telefone no gancho.

31.

Foi. Foi na mesa do jantar, ali com todo mundo junto... da firma e tal. Claro que foi tenso, né? Uma coisa desse tipo não é tranquila nunca pra ninguém, afinal de contas. Foi. Ele simplesmente começou a dizer tudo que estava lá preso na garganta desde sei lá eu quando. Aquele tipo de coisa que depois que você começa nem tem como parar mesmo. Ele estava calmo. Bem calmo até. Assim, contido, né. Organizado. Ele não se alterou, não subiu o tom de voz. Não muito pelo menos. Não que desse pra chamar a atenção. Foi. Foi pesado. Mas ele ficou ali contido, com as mãos abertas em cima da mesa; depois que ele tirou até dava pra ver a umidade e o amassado da toalha por ele ter suado e ficado ali se contendo pra ficar contido daquele jeito. É. E pra dizer tudo que ele tinha que dizer. Não. Acho que ninguém sabia. Acho que foi surpresa pra todo mundo. Pelo menos assim a profundidade daquilo. E de há quanto tempo que vinha. Ninguém imaginava. Mas foi dessas coisas mesmo. Que depois que ele começou ele viu que não tinha como não ir até o fim. E aí foi. Até o fim. E ele disse um monte de umas verdades lá pra Lia. Umas coisas pesadas mesmo. Complicadas. É bem verdade. Mas que ele achou que tinha que dizer. Não sei. Não sei se tem hora certa pra esse tipo de coisa. Às vezes de esperar a hora certa é que você nunca fala mesmo. É. Foi. Então eu acho que, sei lá. Ele sentiu que era a hora de expor aquilo tudo ali pra ela. Bem ali na mesa com todo mundo. Antes da sobremesa mesmo. E aí que ela me chocou. Não ele. Eu acho que entendo essa necessidade dele, sabe? Era a verdade dele lá naquela hora. E eu acho importante. Mas ela agir daquele jeito? Foi. Foi bem que nem te contaram mesmo. Ela não se dignou nem a abrir a boca. A Lia. Ficou ouvindo com uma expressão supertensa, superenfurecida, descontrolada mesmo. Não. Nem foi isso. Ela ficou ali paradinha ouvindo. Não interrompeu nem nada. Mas a tensão na cara dela estava na cara. E aí? Como "e aí"? Não teve "e aí". Ela levantou e saiu da mesa. A gente só ouviu o carro uns minutos depois. Achei baixo, quer saber? Ofensivo, mesmo.

Olha, tem dias que você aprende umas coisas sobre as pessoas nas horas que você menos espera. Essa da dona Lucília, por exemplo, ontem, me pegou completamente desprevenida. E eu não estou nem falando do que eles disseram, de querer saber o que é verdade ou não no meio daquilo tudo. No fundo nem me interessa. Ou no raso mesmo, isso é coisa lá deles, que não me diz respeito, se bem que se é pra eu ser bem sincera com você, sou obrigada a reconhecer que acho que nada daquilo combina com a dona Lucília que a gente conhece, por mais que a gente conheça ela pouco. E ele estava bebinho, tinha chegado já com cheiro de cerveja, antes até das pessoas começarem a tomar alguma coisa ali. Não que isso tenha determinado nada. Na minha modesta opinião acho que ele já deve ter saído de casa decidido que era ali naquele dia que ele ia descascar a dona Lucília daquele jeito, com aquele monte de baboseira de bêbado, aquele monte de cascata. Ele estava uma pilha, dava pra gente ver, batendo com a mão na mesa enquanto falava. Enquanto ia soltando aquele monte de umas coisas ofensivas pra cima da dona Lucília, que ficava ali na cabeceira da mesa, no lugar de honra dela, só fazendo que sim com a cabeça e, bem de vez em quando, abrindo um pouco mais os olhos de surpresa com aquilo tudo. Que deve ter sido uma surpresa mesmo. Vindo dele. Justo dele. Mas aí que ela mostrou quem que era superior, e aí que ela me ensinou umas coisas.

Ela podia ter descido o sarrafo no otário. Podia ter se apoiado nas pessoas que estavam ali e que com certeza iam ficar do lado dela. Mas ela não quis estragar a festa de ninguém mais do que o otário do seu Alencar já tinha estragado. Deve ter custado um esforço desgramado... mas ela levantou que nem uma dama de cinema dos anos quarenta, pegou a bolsinha no balcão e saiu sem nem olhar pra trás. Uma dignidade... Isso que foi.

32.

A xícara era velha. Nem xícara era aquela xícara. Caneca. Uma coisa grossa e pesada, certamente mal-acabada desde sempre. Desde fabricada. Mas era a xícara da Lia já fazia tempo. Desde que ganhou de presente. E por ter sido presente, e presente dele, era certamente parte da relação que ela criou com aquele troço simples, feio, tosco, branco e lascado.

A xícara tinha uma lasca grande que ia da borda até perto da base, partindo de um trincado feito um dia por um dente (por um dente!), onde agora o barro claro jazia por sob a camada branca que afinal era mero sepulcro caiado...

... onde agora o barro claro aparecia com a textura original. Milímetros de terra à vista. Uma bobagem. Mera lasca. Mas dali saía aquela linha fina, um cabelo, lápis novo, que riscava o branco até quase o fundo, num trajeto corológico, torto, perfeito. A xícara de Lia era de Lia também porque tinha o seu defeito. O "seu" defeito.

Estava em cima da pia, quase cheia de água quente. Só água.

O sol que entrava pela cortininha fina, sempre renda, deixava bonita a água ali empoçada, contida. Sol de fim de tarde, dia de inverno, luz preguiçosa, quase densa de tão lenta. A chaleira tinha voltado ao fogão, para manter quente o resto da água, que naquela temperatura ia esfriar em questão de segundos.

Lia levantou a xícara, sempre pensando que um dia aquele risco, que de fato triscava a área da alça, da asa, do braço da xícara, um dia ia representar a quebra, e com ela a queda de xícara e chá. Sobre tudo. Aquele risco, da queda, era também ele um acréscimo de incerteza, e com isso de prazer, ao pequeno ritual da água quente sobre as folhas. Cada dia era um último encontro. E só um.

Lia virou a água na pia, e a xícara antes meio vazia ficou cheia inteira do ar quente que precisava estar ali. E que era mantido quente pelas paredes grossas da xícara, aquecidas.

Dentro da xícara, então, entraram as folhas. Cheirosas mesmo agora.

A mão de Lia foi ao fogão pegar de novo a água, enquanto seus olhos ficavam nas folhas verdes sob a luz dourada, enquanto sua cabeça tentava não ir a lugar nenhum e apenas prestar atenção. Enquanto Lia tentava estar ali com o ar quente da xícara.

A água caiu quente sobre as folhas, que de pronto reagiram, gritaram e cederam seu espírito em óleo. Gritaram e se abriram em espírito, alento. Gritaram e dormiram, hortelãs.

O vapor que subiu da xícara teria feito Lia sorrir.

Devia ter feito Lia sorrir.

Mas ela não estava tendo tanto sucesso em se manter ali atenta. Precisou fechar os olhos, segurar a xícara com as mãos, tapando a fresta e eliminando o risco da asa partida. Precisou sentir o cheiro do chá, sentir na pele o calor da cerâmica, sentir na cara o ralo calor parco do sol que ainda entrava. Precisou ouvir ao longe as maritacas que se recolhiam. E o rádio que tocava uma música horrenda em algum outro andar.

O vapor agora era cheiro, umidade e calor no rosto de Lia.

Abriu os olhos para ver a bebida.

Estava pronta.

36.

Ela estava do lado de dentro. Esperava a mola trazer o portão de volta; aguardava ouvir o clique da fechadura batendo. Tinha o pé já no degrau. Mas decidiu voltar.

Um pequeno suspiro.

E decidiu voltar.

Olhou de novo para os dois lados, era tarde, melhor se precaver. A cachorra, no meio disso, não entendia se devia se animar com a ideia de um passeio mais longo ou se reclamava e sentava em protesto, preguiçosa. Era hora de dormir, dona Lia. Por que a senhora me resolveu voltar pra rua...

Não necessariamente a rua, no entanto. Era a calçada. Logo na frente do portão do prédio, por onde elas acabavam de passar. Era ali que estava o foco do interesse de Lia. O motivo de ela voltar.

Ela se agacha e olha com cuidado o passarinho.

Pode ter caído do ninho. Pode ter nascido morto. Pode ter caído, já morto, do ninho.

Lia olha para cima, mas o poste de luz está entrelaçado com os galhos da árvore, que ficam recortados em sombra. Difícil enxergar algum ninho. Saber se a mãe está ali. Talvez olhando para ela. Irmã.

Não quer tocar no corpo morto. Algumas formigas já passeiam sobre a carcaça. Parte das penas do tórax (pássaro tem tórax?) já caiu. Ou essas penas nunca chegaram a nascer... Algo rosa aparece ali. Um órgão?

A pele do bebê. Cheia de formigas.

O pescocinho se estende tenso, sem segurar a cabeça desproporcional, onde um bico ainda mais destoante parece pesar mais do que o resto do animal.

Tem uma folha caída logo ao lado. Talvez?

Lia tenta usar a folha como pá, como alavanca. Pensa em segurar de um lado, colocar a outra extremidade sob o cadáver e erguê-lo dali. Até a grama.

Mas a folha é mole. E se dobra. Não resiste à tarefa. Na primeira tentativa o passarinho roda, pirueta cento e oitenta graus, resta de bruços. E onde antes só via o papo esticado, com a cabeça já de lado agora Lia vê os olhos imensos, fechados, cobertos pelo que parece uma película arroxeada. Ave morta. Bicho cego.

Ela empurra de novo. Outro rodopio.

E de repente percebe o quanto o pescoço que parecia distendido e duro se comporta como músculo que dorme, flexível. Empurra o corpo, e a cabeça gira logo depois. Com a resultante das forças da gravidade e da tensão dos tendões fazendo com que o cadáver se comporte como corpo vivo que se ajeita, se acomoda, se enrola na cama.

Lia fecha os olhos por um segundo.

Precisa rolar a carcaça talvez mais quatro ou cinco vezes para chegar à grama. Faz pequenas pausas entre cada tentativa, para afastar da mente a ideia de que o corpo está vivo, rolando, satisfeito de olhos fechados.

As formigas começam a subir pela folha e pelos dedos de Lia também.

A cachorra nem percebeu o que está acontecendo. Sentada. A guia da coleira solta na calçada.

O pássaro vira de novo os olhos foscos para Lia. O pescoço. Os olhos. Até chegar à grama onde se mascara marrom contra o verde baço das folhas de começo de outono. Onde será digerido pelo mundo e tornado terra. Pó ao pó. Um tanto mais oculto. Enterrado sobre a grama.

E, acimadetudomente, longe dos olhos da menina que amanhã vai esperar o ônibus da escola bem aqui. E que não precisa ver isso.

37.

Ali sentada, um tanto protegida da luz do sol forte que de resto torrava o mundo inteiro, fazia as folhas parecerem pintadas a giz de cera, refletia nas lajotas e na água, quase cegava. Ali sentada em paz, Lia começava a ver a bunda dos meninos.

Era a única menina. As outras fugiram da raia. Desistiram antes mesmo de começar. E até por isso é que ela tinha que continuar. Não podia desistir a uma hora dessas. Precisava ser a última.

Estava calma. Apesar de alguns já terem cedido à angústia, à dificuldade de se manter naquela posição. Apesar da maioria já se verem bundas contra o sol. Lia estava calma. Piscava lenta, mantendo os olhos fechados por bastante tempo, mas sempre abrindo de novo, mesmo com a ardência que ia ficando cada vez maior. Era só você se interessar pela ardência. Não tentar brigar com ela. Não se deixar irritar pela irritação. Era só você ficar como que olhando aquela sensação e prestando atenção nos detalhes. Ela apenas virava uma coisa a mais no mundo. Um objeto. Um entorno.

A ardência nos olhos.

O peso no peito.

A leveza no crânio. Mãos enrugadas pela umidade.

Mexeu de leve a mão direita e passou a ponta do polegar pela lateral do indicador. Foi um erro. Arrepio. Repulsa. Era mais difícil ignorar esse tipo de repulsa do que as outras sensações. Seu coração acelerou um pouquinho. E era bem disso que ela não precisava aqui.

Bundas.

Mais uma agora, bem perto dela. O Rodrigo. Agitação da superfície.

Ela não queria começar a pensar no quanto estava ficando difícil. Queria simplesmente se manter calma, inabalada. Era o único jeito, ela sabia.

Sabia que era menor que eles. Sabia que era mais fraca. Sabia que era a única menina e precisava ser a última. Sabia que tinha que ser na base da força de vontade e da paciência. Sabia que tinha que fingir que não se incomodava e que esse era o único jeito de não se incomodar de verdade.

Agora era só o Flávio na frente dela. Com uma careta horrorosa. Se contorcendo de um jeito cada vez mais pronunciado. Tentando nem olhar na direção da Lia. O Flávio ia virar bunda em questão de segundos.

E... pronto.

Subiu.

Ela quase foi atrás. Aliviada. Mas ainda não. Precisava de uns segundos a mais. Precisava esfregar a superioridade na cara daqueles bundinhas. Precisava lembrar de não puxar o ar de maneira desesperada quando voltasse também à superfície. O Marlos estava marcando o tempo.

Lia não sabia. Mas já passava agora de um minuto e meio. Estava explodindo por dentro. Mas quem olhasse da beira da piscina veria apenas uma menina sentada tranquilamente no fundo, mal tocada pela luz do sol que se filtrava na água agitada pelos braços dos garotos que boiavam.

Olhos fechados. O mais tênue sorriso.

38.

Você punha jornal dentro do sapato porque, primeiro, o sapato era maior do que o teu pé. Você dizia "teu" pé porque era assim que se falava na tua cidade. O jornal também, no entanto, ajudava a esquentar. Isolava. E na tua cidade era bem preciso se isolar. O frio era grande.

Você gostava daquele sapato. E lembra de ter usado por vários invernos. Com jornal, sem jornal. Um ou dois pares de meia. Daquelas meias de crochê que a tua mãe fazia, que ela nunca soube fazer tricô. Você lembra dela fazendo crochê numa velocidade que você levou anos, décadas, pra descobrir que não era normal... que não era zunindo daquele jeito que as pessoas faziam crochê. E contando enquanto conversava. Falando animada e ao mesmo tempo mexendo os lábios enquanto te ouvia. Acompanhando os pontos.

Você gostava daquele sapato.

Da meia-calça de lã, nem tanto. Pinicava.

O vestido sim. Esse era bonitinho até. Pena não combinar com a japona azul enorme. Gigante mesmo. Nem com a maldita touca Joana d'Arc. Pinicava mais que a meia-calça, aquela touca feiosa... Você ficava toda empipocada. Mas você que me saísse "no tempo" sem aquela Joana d'Arc!

As roupas não eram boas.

Não serviam direito e não esquentavam.

Ninguém se vestia direito na tua cidade. Apesar do frio. Ninguém sabia se vestir pro frio. Era só um monte de roupa uma por cima da outra. Do teu vestidinho vermelho quase nada se via. Só a barra por baixo da japona e do casaco de crochê, marrom!

Tinha geado.

Você saiu de casa crocando o gelo da grama com a sola do sapato forrado de jornal.

Agora era o meio da manhã. O sol já estava lá, mas o frio ainda era de cortar. De doer.

Mas você estava que quase nem percebia o vento que te dava nas bochechas quase bordô. A única coisa que te ocupava era aquela sensação estranhíssima de não estar na sala de aula. De ser a única aluna fora da sala. De saber que a professora continuava lá passando a matéria, mas que você não estava ouvindo. De que aquele tempo fora da sala pertencia como que a uma outra realidade. A um outro tempo, todo seu. Só.

Você estava sozinha no colégio inteiro.

Andando.

Descendo a escada.

Saindo pelo pátio no vento gelado.

E com todo o cuidado você ia carregando na mão o objeto, a razão de estar fora da sala durante aqueles minutos tão… tão lindos…?

De cabeça pra baixo, pra não fazer sujeira antes da hora. Até chegar à lateral das salas de aula do ginásio. Uma casa de madeira que ficava do outro lado do pátio. Tábuas sobrepostas como telhas, como escamas. Mal pintadas. Desgastadas.

E você escolheu com cuidado o lugar onde ia bater o apagador.

E começou, o giz branco caindo na grama como neve. Parte dele se tornando pó fino que subia como nuvem. O cheiro do giz. A sensação de que o apagador agora ia funcionar. Ia limpar tudo. Deixar o quadro-negro todo verde uma vez mais.

Graças a você.

Graças ao teu trabalho.

Porque foi ela que te escolheu. Justo hoje. Será que ela sabia? Você não precisou nem pedir!

Feliz aniversário, Lia.

39.

Lia tem os olhos fixos à frente. Como se não estivesse consciente de nada. Profundamente concentrada em algo que não se pode determinar. Aqui e não aqui. Deste mundo e de outro.

O pente, enquanto isso, desliza cada vez mais fácil pelo cabelo fino, longo, um tanto fosco. Atrás dele vêm por vezes os dedos, separando mechas, afagando, roçando leves a pele da cabeça onde por vezes também descansam, mão sobre o topo do crânio, enquanto os dentes percorrem os fios.

É uma experiência estranha. Agradável, íntima, rara e vazia. Algo de importância quase nula frente ao que se anuncia para os próximos tempos. Para o que ainda há de passar por aquela cabeça, para o que ainda hão de sofrer esses cabelos. É difícil negar o que há ali de animal. De conexão direta entre os dentes duros do osso do pente e os fios mortos do cabelo de um mamífero, pelos.

São somente as duas num quartinho diminuto. Uma cadeira ao lado da cama. Espelhinho pendurado na parede. Somente as duas com seus olhos ausentes, entregues ao ritmo das passagens do osso por entre os pelos, do pente com seus dentes no cabelo. Talvez alguma delas, possivelmente até as duas, esteja consciente, no silêncio daquele fim de tarde, no canto do apartamento que fica mais longe da rua, mais contido e protegido dos ruídos... talvez alguém ali se dê conta do leve som que o pente produz ao roçar os fios de cabelo e, vez por outra, ao romper algum nozinho.

Como que hipnotizante.

Está certamente uma delas (talvez as duas?) consciente do quanto aquele momento representa de excepcionalidade na sua mais que perfeita naturalidade. Do quanto aquela situação espelha tantas outras, evoca todo um mundo outro, representa tanto, e tanta coisa, embora seja no fundo a mais banal das ocasiões na vida de mãe e filha.

Ainda há um resto de sol.

Ainda existe alguma luz.

A lâmpada do quartinho está apagada, e não precisa ser acesa. Ainda não. Ainda não é hora de tomar essa providência.

O cheiro do cabelo é tão bom... Tão limpinho. Xampu de bebê. *Deixa eu cheirar mais de perto.*

Ao menos uma delas sabe o que de triste existe ali, o prenúncio de tempos em que nem mesmo esse gesto, essa tranquilidade hão de imperar na relação entre as duas e na vida da cabeça que agora fica ali tranquila, afagada pelos dentes rombudos. E precisamente por saber disso é que ela mais aproveita. Mais nega pensar no futuro e mais se concentra em nem se concentrar. Em ser como a outra. Em simplesmente estar ali. (E está?)

A luz já vai sumindo.

O barulho do pente, no silêncio do quarto, vai se fazendo mais alto.

Há pelo menos uns três minutos não existe mais necessidade de se pentear aquele cabelo, liso, que não pode ficar mais perfeito. Nada ali tem como ficar mais perfeito do que esteve nos últimos três minutos. Ela guarda o pente no bolso de trás da calça. Passa as mãos delicadas mas firmes pelo cabelo, da testa para trás. Uma vez. Mais uma. Vê no espelho os olhos que se fecham quando pressentem a pele das palmas no rosto. Na testa.

Puxa do pulso o elástico grosso e, no mesmo gesto de tirá-lo dali, prende com ele o cabelo que contém com a mão. Uma volta. Mais uma.

Respira fundo e também fecha os olhos por mero segundo. Se abaixa, dá um beijo no topo do crânio da mãe (que cabelo cheiroso... xampu de bebê), que de olhos ainda fechados tem agora um fio de saliva escorrendo do canto da boca.

41.

Em florestas densas, as árvores vivem em permanente competição pela luz do sol. Quando várias da mesma espécie estão crescendo muito próximas umas das outras, por exemplo, aquela que por qualquer motivo se desenvolve mais rápido e fica, digamos, um metro mais alta que as irmãs logo determina o fim das outras, por abrir sua copa para o sol e projetar sombra num raio cada vez maior à sua volta.

À medida que cresce, ela tem a chance de ultrapassar o dossel florestal, as copas de todas as outras árvores, e se estabelecer, frondosa, no ponto mais alto, onde todo o sol de que precisa está à disposição das suas folhas, que se distribuem da maneira mais eficiente para garantir que, de um lado, nenhuma fique numa posição em que não apanhe luz suficiente para a fotossíntese (essa localização redunda na morte da folha, na segmentação do pecíolo, numa queda lá do alto, seca, sozinha...) e, de outro, que toda a luz que passe pela copa seja de fato aproveitada: por isso árvores projetam uma sombra tão sólida; suas folhas se encaixam num sistema tridimensional perfeito que gera a cobertura total do arco da luz solar durante o dia. Máximo aproveitamento.

Essa eficiência, claro, é também a condenação de outras árvores desse tipo em todo o raio determinado pela sombra da gigante. Não há luz suficiente.

Isso não impede que outro tipo de vegetação, mais bem adaptado ao ambiente mais úmido e escuro, preparado para extrair seus nutrientes da matéria em decomposição no solo da floresta, por exemplo, acabe se desenvolvendo em abundância nesse mundo sem sol. Não impede também que outras plantas se instalem no próprio tronco e nos ramos da árvore gigante, escalando seu corpo para se aproveitar da luz que lá no alto está à espera. Algumas dessas plantas convivem bem com seu pouso; usam apenas a plataforma. Outros tipos, no entanto, parasitam a árvore, furando a casca e roubando seus nutrientes, ou mesmo estrangulando seu desenvolvimento em nós cada vez mais apertados.

Não é raro que o vegetal mais alto de uma floresta seja um cipó parasita, pequeno em comparação, que se esgueirou pelo tronco de uma árvore imponente.

Isolada dos membros de sua espécie, espalhados a alguma distância uns dos outros, essa árvore alta cria sua zona de privação, cria sua própria flora e sua fauna circunstantes. Priva e gera. Uma exceção à regra, no entanto, e uma exceção muito curiosa, são as novas árvores que nascem das sementes que a própria gigante derruba e que, vez por outra, é claro, não caem longe do pé.

Há pouco tempo se descobriu que as árvores "mães" têm uma curiosa tendência a manter algumas dessas suas descendentes num estado de permanente estase de desenvolvimento, sendo sustentadas diretamente pelos nutrientes que elas mesmas, mães, extraem e processam, e que são transportados para essas descendentes em "suspensão" por uma extensa rede micorrizomática composta de fungos que se associam às raízes das árvores. Elas ficam ali, pequenas, sem poder crescer, mas impedidas de morrer. E apenas as árvores derivadas dessa "matriz" recebem esse tratamento de exceção. Elas se reconhecem.

Esta castanheira aqui tem séculos de idade. Mais de cinquenta metros de altura.

Gerações de descendentes suas não suportaram a espera e minguaram. Viraram matéria vegetal a ser absorvida. Gerações inteiras, enquanto ela se mantinha elevada, acima do teto do mundo, vertical e imponente.

Nações nasceram, morreram. E ela crescia. Quatro metros de diâmetro de tronco.

E no dia em que morrer, atingida por um relâmpago, derrubada por uma tempestade que seu tronco fragilizado não puder mais suportar, sua queda estrondosa (alguém vai ouvir?) vai derrubar muitas árvores menores e rasgar uma clareira imensa no dossel. Com isso o sol vai chegar pela primeira vez quem sabe em meio milênio àqueles metros de solo da mata.

E uma das suas descendentes vai começar a crescer mais que as outras.

43.

Uns poucos cabelos brancos, três ou quatro, difíceis de discernir. Umas tantas linhas fracas sob os olhos. Rugas. Ainda uma menina.

Lia mais tarde, Lia aos quarenta, aos cinquenta... podia-se até rir da ideia de que Lia aos trinta estava envelhecendo, teria envelhecido. Era uma menina. Olhos limpos. Cheia de ideias, de vontades, cheia da vontade de ter ideias.

Estava sozinha. Eram sete e quarenta e três. Não tinha contado a quem não soubesse, não tinha atendido o telefone. Queria estar sozinha. Sala escura. Copo d'água.

Alguma coisa nela dizia que era esse o símbolo, que seria esse o aprendizado imediato, e necessário. Estar sozinha numa sala escura, copo d'água, consciente do tempo passado, do tempo que passa, da passagem. Nisso ela talvez, e quase certamente, ainda estivesse errada. E tudo que aconteceu no dia seguinte, precisamente no dia seguinte àquele, acabou provando o quanto estava errada. Estava no mínimo dez anos adiantada.

Mas ali, figura clara contra fundo escuro, copo d'água, recorte de pessoa sobre o mundo duro dentro e fora daquele apartamento, silhueta ao contrário, do avesso, Lia pensava na vida, e já sabia desde tão cedo que pensar na vida era sempre pensar na morte. E vice-versa. Pensava no que tinha visto e no que veria. E quanto?

Lia.

Lia, que ali ainda nem tinha ideia do que podia representar uma vida de setenta, oitenta, de noventa anos. Lia, mal aos trinta.

Não doía.

Não se engane. Não era esse o espírito. Não é essa a nossa Lia. Ainda. Não era depressão, não era deprimente. Era aquele copo d'água, já algo bebido. Ainda bem cheio. Era claro, era estável, imóvel e transparente, até que você tocasse. Até que levantasse.

Era limpo, inodoro, insípido, mas melhor que tantos sabores. Era um gosto.

Era a ilusão de que tinha aprendido tanta coisa. Era a certeza de que tinha aprendido tanto. Era uma sensação de aceleração que ainda nem roçava o que viria a ser: era pressa. Ela correu dos vinte aos trinta. Chegou bem, com fôlego, somente um tanto espantada com aquela mudança de número. Mas era um objetivo.

A velocidade, agora, começava contudo a chamar mais atenção que o caminho. Ela ia se dando conta de que os próximos dez anos podiam definir tudo, podiam ser maiores que os trinta, mas ao mesmo tempo não iam deixar a mesma marca. Iam passar com o passo leve de quem leva menos tempo no trajeto. Triscando. Como aquele par de garras agudas riscando o solo do oceano.

Outro gole do copo meio cheio.

Mas ela tem um sorriso. Ela não está triste. Ela quis ficar sozinha até aqui. E o telefone está ali. Bastava ligar. E amanhã, ela não sabe... mas vai ser tanta coisa, e tão veloz...

Por enquanto era só ela. Era Lia em paz, copo d'água que já precisa encher de novo.

Era Lia sozinha, aos trinta, que passava de novo a língua pelo lábio inferior e a deixava descansar um momento, como sempre, sobre o dente que não se ajustava bem aos outros. Era Lia que piscava um tanto mais demoradamente do que seria necessário para os olhos. Para continuar a ver.

Era Lia cansada, com sono.

Dorme, querida.

Dorme. Ainda tem mais.

46.

Como que era a minha mãe... Nossa. Difícil, né? Eu acho muito difícil, sabe? Desculpa. Ela... tem tanta coisa. Eu acho sempre estranho quando as pessoas vão lá e cravam uma definição de alguém. E eu sei pra lá de bem que na verdade os pais da gente são quem mais "sofre", assim entre aspas mesmo, com esse tipo de coisa. A gente meio que passa a vida definindo quem que são os nossos pais, como que eles são, o tipo de coisa que eles são, que eles foram no mundo. No nosso mundo. E a gente nem se dá conta do quanto essas definições vão mudando ao longo da vida, né? E do quanto isso no fundo quer dizer que a gente nunca teve como dar uma opinião definitiva. Não tem opinião definitiva. Muito menos sobre as pessoas que a gente conhece mais de perto. Puxa vida... Mais a fundo. A mãe era um monte de coisa. Continua sendo. Pros fregueses dela, pros colegas de trabalho. Cada casa que ela desenhou... Cada casinha. E elas vão ficar aí anos ainda. Décadas, quem sabe. As pessoas vão morar lá no que a mãe inventou. No fruto da cabeça e do trabalho dela. E os alunos. Foram pouquinhos, mas foram. E os outros arquitetos que ela treinou no escritório. E que vão continuar fazendo casas pra mais gente. Do jeito deles, com o jeito dela também. Tanta coisa. E eu. E a minha vida toda. E a Lu. A Lu. Não sei como que ela vai lidar com isso. Agora ela não entende. Nem tem como. Eu só fico enrolando, dizendo que a vó está meio doente. A Lu vai ser um pouco da mãe no mundo. E os olhos: sempre iguaizinhos. Mas nem vai lembrar direito. Ou será que vai? Mais uma coisa. Menos uma coisa, uma certeza a menos. A mãe no mundo... O que é que o mundo vai pensar dela, pelos onze minutos que o mundo ainda pensa na gente depois, se o mundo não é nosso filho. Porque depois disso, e graças a Deus, acho que simplesmente é como se nada. Como se a gente não tivesse sido. Eu que vou saber? Só o que a gente fez. Mas que vai ser do mundo, nem vai ser da gente, nem tem marca. A gente não é mais, daí. Não é mais nada. Nada desse monte de coisa que um dia a gente foi e que deixou tão difícil a nossa filha dizer quem que a gente era assim de uma pancada só. Quando acaba talvez fique fácil... de dizer. Fulano era assim. Fulana era aquilo. Eu lia mais que ela. Ficou engraçado. Mas eu lia. Eu que era das letras. Sou. Eu que sou das letras. *De mortuis nil nisi bonum*. A gente fala só coisa boa de quem morreu. E vai ver que nem é etiqueta. Taí. Mais uma coisa que eu estou aprendendo. Mas se depois que acaba é que a gente entende, é que a gente vê, de repente o que a gente vê é esse bem, esse só-coisa-boa. E vai que é por aí mesmo? A verdade. Ela era foda. E ela era de foder também. Não sei. Ainda acho difícil. Ainda acho meio injusto, na verdade. Passar essa régua assim na história toda dela. Acho que ela ainda está em suspensão. E vai ver é isso mesmo. Eu que não quero acabar com ela. Tipo desligar os aparelhos. Cortar esse fio. Contar a história do fim pra trás, com sentido, organizada e com sentido. A mãe era uma pessoa, né. Não é mais. Minha mãe é uma pessoa. Ela está viva. Ela está viva, eu tenho que lembrar ainda.

47.

Então.

Você está sozinha aqui. Não é que nem de manhã, quando estava todo mundo em volta. Ou todo mundo no centro e você sozinha em volta. Essa que foi a verdade. Depende da hora de que a gente esteja falando.

Como riram de você...

E como te custou. Te custou cada volt de tensão interior, cada fiapo de orgulho, manter uma aparência de altivez, apesar da tensão. Sustentar na aparência a imagem de que aquilo nem te interessava, de que você estava acima daquelas coisas e da pressão deles todos. Se pôr superior. Ficar acima da mesquinharia das pessoas que você mais amava no mundo. Apenas porque eram teus primos, teus amigos. E quando você tem oito anos esse amor se vende barato. E se cumpre imediato.

Claro que você não conseguiu. Sinto muito te informar.

Eu sei que no fundo você sabe que não precisava

uma outra voz vir confirmar o teu fracasso. Mas mesmo assim. Mesmo assim...

Eu sei que você percebeu que apesar de conseguir conter o lábio inferior que queria se projetar, apesar de prender *os dois* lábios entre os dentes e morder a bochecha esquerda, por dentro, que apesar de tudo isso o teu queixo ainda tremeu. Eu sei que você mesmo dentro do teu crânio conseguia quase enxergar a aparência de caroço de pêssego que o teu queixo devia ter naquele momento.

A vida é desse jeito quando você tem oitos anos. E, Lia, não sei se muda tanto assim depois.

Você morde as partes móveis pra elas ficarem cravadas no lugar. Você literalmente morde a língua, se for o caso.

Mas aí vem uma coisa inerte e inexpressiva como um queixo... E tudo cai por terra.

Os teus primos te amavam de verdade. Nenhum deles tinha mais de onze anos. Ainda era possível esse tipo de amor. E foi bem por isso que eles todos perceberam, e não perdoaram, a tua quebra por dentro. A tua demolição por trás da fachada friável, vibrante, enrugada, mas intacta. Mais vinte anos e eles simplesmente não iriam mais se importar. Infelizmente.

Agora você está sozinha com a árvore do meio do quintal. No meio do quintal.

E já saiu do chão.

Sem chinelo. Não sei se foi uma boa ideia, Lia. Mas agora não dá pra voltar atrás. Voltar atrás terá sempre sido o problema insuperável. A árvore era mais áspera contra a sola dos teus pés do que você podia ter imaginado. Mas até aqui foi fácil. Você segurou num galho baixo, e num balanço firme jogou o corpo meio metro mais acima, até pisar na forquilha entre um galho e o tronco. Mas a perna direita não tinha aonde ir. Estava solta no ar, dependurada do vestido azulzinho que nem o badalo de um sino. Pé.

Um pouco mais acima, apoio. Ótimo. Você põe ali a direita e agora está desequilibrada. O único jeito de eliminar a tensão do peso nos braços é mudar também a esquerda mais para cima. Trocar as mãos. As únicas partes de você que agarram de fato a árvore. Manter uma no lugar e rapidinho passar a outra para um novo galho. Que quebrou.

Você não caiu.

Só que o movimento te fez raspar a testa no tronco. E te fez olhar em volta para ver se ainda estava sozinha.

Apesar daquela pancada, a coisa era mais fácil do que parecia. As tuas mãozinhas suadas iam dando conta de não largar a árvore. E você aprendeu a primeiro testar os galhos antes de soltar o peso. E foi trocando apoios tronco acima.

Em pouco tempo, com cuidado, você estava enxergando (como eles queriam de manhã cedo) em cima do teto da casa. E logo estava enxergando por cima do teto da casa.

Acho que foi exatamente nesta forquilha que o Armando sentou também. Embora ele não estivesse o tempo todo com as mãos vermelhas segurando desesperadas o galho ao lado. Mas você está sentada ali. Firme. Encarapitada onde ninguém, muito menos você, dona Lucília, achava que podia chegar.

Devia estar feliz. Mas o queixo está enrugando, e a testa, dolorida.

E tudo cai por terra.

Você inclina a cabeça para esfregar a testa no ombro sem largar o galho. Era. Era sangue mesmo. Um quase nada. Mas nesse gesto você desvia os olhos da campina do outro lado da casa e vê o chão lá no chão.

Como é que você vai descer daqui, Lia?

48.

Ela estava sentada no chão, sobre o seu cobertorzinho e cercada de tudo e de todos que mais amava na vida. Presa na sua esfera de cerca de um metro e meio de vida.

Estava quente, um estranho dia atípico (atípico? quem foi que um dia entendeu o clima desta cidade?) de maio. Fim da tarde. Digamos... cinco e dezessete. Mais ou menos. O sol entrava pela cortina de renda da cozinha e chegava quase, mas quase mesmo, até o chão de tacos onde estava estendida a coberta.

O pai abriu a geladeira, mas a garrafa estava vazia. Sem levar a garrafa até a pia, fechou a porta e foi com o copo para a torneira. Teve que voltar para abrir o congelador e pegar a forminha de gelo. Estava quente.

Os dois perceberam o sobressalto da Lia quando ouviu o ruído da fôrma que, ao ser forçada numa curva dura, liberava os cubos de gelo com um estalo forte. Riram ambos. Lia se manteve fixa na fonte do som.

Traz aqui pra ela ver.

Ele veio com dois copos. Um, o seu de água. Outro cheio de cubinhos.

Sentou com as duas no chão. Ajoelhou, na verdade. Ele nunca conseguiu sentar no chão daquele jeito.

O tamanho do fascínio da menina quando viu e ouviu um cubo ser largado de uns dois centímetros de altura dentro do copo d'água foi simplesmente indescritível. Blõp. Centésimos de segundo depois, no entanto, uma gotinha da água do copo, projetada pela queda, tinha ido se alojar bem no seu olho esquerdo, que se enroscou fechado com a cara toda, que logo viu chegar também a mão direita.

Os dois riram mais ainda.

Mas Lia estava aprendendo rápido. Mecânica dos fluidos. Termodinâmica. Amor.

O pai meteu dois dedos compridos no copo, desistindo de beber, esquecendo a sede tão absoluta de poucos, tão poucos minutos atrás. Catou de novo o cubo de gelo antes que derretesse demais e soltou outra vez no copo. Blõp.

Agora o rostinho de Lia passou de surpreso a pasmado a concentrado e divertido. Era assim então...

E o pai, com os dedos pingando, espirrou o resto dessa água na filha, que uma vez mais pareceu querer fazer do rosto um fuxico. Sem no entanto deixar de se divertir. Com cuidado, o pai pegou outro cubo de gelo do segundo copo e o estendeu para a Lia. De onde ela estava, ali embaixo, o cubo ficou exatamente na frente da janela, do sol que entrava, e reluziu e rebrilhou de maneiras totalmente novas, quase inconcebíveis para os dois adultos amortecidos diante da realidade das coisas todas deste mundo. Diante do fato incrível de que a água se faz gelo, cristal e se prisma em prisma novo contra a luz. E é fria. A água dura ali dentro é gelada, Lia.

E quando o gelo ia chegando perto dela, a menina já sentia o frio, além do brilho. E não tirava os olhos daquilo. Nos dois adultos, o mais feito silêncio. Talvez seja para isso que sirvam as lias pequenas. Para que eles também possam compartilhar alguma coisa desse pasmo. Desse interesse. Concentração.

Ela esticou o bracinho gordo e quis pegar o cubo. Na mesmíssima hora o pai num gesto rápido tocou com a pedra o nariz da filhinha, que só não cai para trás porque a mãe estava atenta.

O gelo é frio, é molhado e se move.
Tome nota.
Segunda tentativa. O pai agora quer que ela pegue o cubo da mão dele e com cuidado o estende para a filha, já sentindo os dedos amortecidos pelo contato fir-

me com o frio. A filha, quente, morna, mole, mansa, estende a mão redonda onde agora ele pousa o contato da pedra. Um presente. Aprenda, filha. Aprenda.

Não veja apenas: sinta.

É claro que o cubo caiu quando Lia tentou segurar. É claro. O gelo é liso.

Ficou ali na coberta entre as pernas roliças, diante do tronco tão reto atrás do qual estava a palma aberta da mãe, só para garantir, meio palmo distante; diante do qual se estendiam os dedos vermelhos do pai. No chão na frente da janela. Sob o sorriso encantado de Lia.

50.

Um quarto pequeno. Um "cômodo" pequeno. Mais ou menos bem iluminado, seria, o sol lá fora é forte demais, mas as frestas de uma persiana de largas lâminas metálicas, certamente reaproveitada de algum ambiente comercial, deixam passar toda a luz necessária. As paredes um dia terão sido cor-de-rosa, hoje têm tons variados entre isso e o nada.

Tinta a cal. E aquele sol.

Do lado de fora, passarinhos nenhuns. Hoje eles parecem mais comuns. Estranho.

Do lado de fora, carros nenhuns. Naquele tempo. Fim de semana.

Do lado de fora um cachorro late incessante e compassadamente.

Ali dentro, um radinho de pilha está desligado. Acabou de ser desligado. Ela retorna à tábua e dá mais uma olhada na menina. Olhos atentos. Todos.

Então. Filha. Passar roupa é assim. Precisa a tábua,

o ferro... e sempre tem que ter cuidado demais com o ferro, porque pode se queimar. Olha aqui o braço da mãe. Tá vendo esses riscos de assim? Tudo queimado de ferro. De eu me distrair. A mãe até se cuida passando. Ó. Nenhum queimado assim na mão. Eu queimo é quando o ferro está largado aqui de pezinho e eu vou tentar pegar alguma coisa ali no cesto ou me viro meio sem motivo. Aí relo no ferro e me torro. Besta, né? Mas era isso que eu queria te falar, na verdade. Não de passar roupa. Que no fundo acho que é uma coisa meia besta mesmo. Mas primeiro deixa eu terminar. Precisa tábua, ferro, roupa, *claro*, e eu uso esses dois potinhos aqui... Essas bisnaguinhas. Uma é de água, pra quando algum vinco não quer sair, que aí você molha e sai. É só molhar. E a outra tem uma gominha bem rala que eu faço, pras camisas do pai. Pelo menos pro colarinho. Aí espirra assim que eu sei que você gosta.

A filha franze o rosto ao ganhar mais uma, a enésima, nuvem de gotinhas no rosto. Sorri meio contrafeita. Mas sorri. Seu rosto ali onde está fica listrado pelo sol e pelas réguas de metal.

O negócio é que isso aqui é que nem tudo. Ou, sei lá, o negócio é que tudo é que nem tudo! Desculpa. Deixa ver se eu me entendo antes de falar.

Ela espirra a goma numa camisa raiada de azul e

branco. Cuida da linha dos botões onde aparentemente havia deixado algo para trás. Cabide.

Porque tem que prestar atenção. Tem que ter calma e ter pressa. Tem que correr devagar pra fazer direito. Mas tem que ser no tempo justo, certinho, e com atenção. Tem que saber onde apertar mais o ferro e onde ir mais de leve, tem que cuidar da temperatura pra não queimar as coisas. Tem que fazer tudo de caso pensado. Pensando. E não adianta querer que as coisas sejam mais fáceis do que elas são. Não adianta querer abrir uma camisa na tábua e passar e torcer pra tudo dar certo. Vai vincar. E o vinco que o ferro faz é pior que o que já vem do cesto ou do varal. Tem que ajeitar bem na tábua antes de meter o ferro. Alisar com a mão. Deixar tudo certinho pro trabalho começar. Tá vendo. Agora, depois que você trabalhou pra poder trabalhar, agora o trabalho vai ser mais fácil. Facilidade sempre vem de ter trabalhado antes, filha. E aí pode ser gostoso. Se você prestar bastante atenção e não deixar a tua cabeça ficar brigando com o que você está fazendo. Não ficar se revoltando com o que tem que fazer. A cabeça da gente sempre quer outra coisa. Sempre acha que não devia estar ali.

A menina aperta os dentes como vai fazer durante a vida toda. A mãe vê na frente das orelhas o movimento da articulação da mandíbula. Indo e vindo. Desmentindo os olhos abertos e a carinha tranquila. Suspira e espirra água. Na camisa.

Acho que no fundo é uma coisa besta mesmo. Não é nada. Mas era o que eu queria te dizer se você soubesse entender. É isso que eu acho que vou ficar pra sempre tentando te dizer, filha. Tudo é uma coisa besta.

Mas se você não se distrai…

51.

Lia é feita de carne e osso. E de pele, unhas e dentes, de pelos. Como eu, como você, ela é um invólucro algo mais ou menos estável para um conteúdo potencialmente instável, inclusive em termos mecânicos, dinâmicos. Não fosse o invólucro (e sua estrutura interna), Lia se desmancharia no ambiente. Desmontada, desmoronada. Inexistente.

O que a mantém como entidade independente é o que a separa de outras entidades. E lhe dá unidade.

A pele de Lia se partiu, se rachou, gretou-se, cortou-se em ocasiões sem conta. E se refez. Com cicatrizes, claro, bem frequentes, mas sempre se recompôs e continuou contendo uma Lia inteira. Mais do que isso, a pele de Lia se reconcebeu continuamente durante a sua vida toda. Um filme acelerado em que essas perdas microscópicas se fizessem visíveis mostraria um corpo vivo que se move entre corpos vivos e inanimados, deixando atrás de si, à sua volta, um rastro permanente de morte. Poeira de pele desfeita. Células soltas. Raspas de Lia.

Cabelos ela perde todo dia. Como todos.

Junta pequenos maços quando lava a cabeça (e cuidadosamente vai deixando essas meadas na parede de azulejos, aderidas, para depois colher tudo com um movimento espiralado do dedo e jogar no lixo; memória de anos em casas com encanamentos ruins), perde dezenas a cada vez que se penteia. Perdas mais visíveis, como as lascas de unhas, secreções, excreções. Marcas mais claras que ficam das coisas que se vão do corpo de Lia.

Mas durante o tempo que durou sua vida, essa transitoriedade de suas partes todas não impediu que Lia seguisse sendo uma, sendo una. Contida e abraçada por si própria. Delimitada. Escorada em ossos que no entanto mudaram também. Cresceram, primeiro, como tudo. Enrijeceram. Depois perderam estrutura, como que se ocaram, esponjosos.

Mas não a ponto de representar problema sério. Coisa mais séria dentro de Lia se partiu antes que a osteoporose pudesse ser problema grave.

Uma única vez ela sofreu uma fratura. Ainda criança.

* * *

Mas a ocasião em que toda a sua materialidade como saco vivo de vísceras e ossos veio à tona, a situação em que Lia de fato se percebeu pessoa, bicho, coisa viva e quebrantável, película pouca que se pode romper de verdade, foi no dia (um fim de tarde, pouco sol, ruído dos periquitos que se recolhiam no abacateiro da vizinha) em que o carro do pai a jogou no chão.

Atropelada.

Foi sem querer, é claro. Foi de ré (ele não viu a menina, apesar de àquela altura ela muito pouco ter de *pequena*) e foi devagar. Lia lembra claramente de ter primeiro sentido como que nas margens do seu campo de visão o carro começando a se mover, depois ter estranhado que o carro tivesse começado a se mover (eu estou aqui, pai, puxa vida…), depois tentado bater com a mão esquerda na lataria para alertar o motorista, isso quando o carro já tinha feito contato com seu corpo.

Lembra de ter dado um passo, passo e meio de perna cruzada para se manter equilibrada enquanto o carro vinha. Vinha lento mas vinha. E não parava. Ela estava ali, puxa vida.

Mas houve um momento, talvez quando uma perna cruzou a outra, em que os passos não deram mais conta e ela caiu na calçada da frente de casa, ralada nas pedras, jogada no chão. A descida da rampa era leve, mas foi o bastante para fazer com que ela caísse um tanto longe do carro, que a essa altura já parava, assustado. Enormes alertas vermelhos redondos de espanto.

Não foi nada, Lia.

Está tudo inteiro. Pele ralada aqui e ali, quase nem saiu sangue. Só sangue pisado, carne magoada.

Lia olha para a traseira do carro com olhos ainda maiores de espanto. E depois ri. Inteirinha ali.

Mas cada passo seu nas décadas seguintes foi informado por essa nova vulnerabilidade.

52.

Maryla Schenker não tem qualquer relação com Lia ou com a família que viria a ser de Lia.

Ela nasceu em Cracóvia, na Polônia, no dia 20 de março de 1913. Sei que naquele dia, naquela latitude, o sol nasceu antes das seis da manhã e se pôs antes das seis da tarde. Sei que o horário de verão só seria adotado anos mais tarde na Polônia.

Posso, se quiser, descobrir o Produto Interno Bruto do país.

Sei que sua população total era de cerca de vinte milhões de pessoas e que o nascimento de Maryla fazia parte de um lento processo de crescimento do país, que ao final da adolescência da menina teria acrescentado mais quinze milhões de nomes à sua história. Sei que não muitos anos depois, no entanto, a Polônia voltaria a ter pouco mais de vinte milhões de habitantes e que não existem muitos dados disponíveis do período em que Maryla chegava (chegaria) aos seus trinta anos.

Sei que milhões desses nomes, hoje, estão escritos em memoriais e em descendentes. Apagados antes da hora.

Sei que o nome dela é um diminutivo de Maria, nome feminino mais comum naqueles tempos. Sei também que era chamada de Marysia, Marysieńka, Mańka...

Sei que seu sobrenome significa "doador".

Sei que um site de lembrança da *shoah* me atribuiu seu nome como a pessoa de quem eu, especificamente eu, deveria me lembrar naquele momento, para que ela não fosse esquecida.

Sei que Maryla morreu. Sei que foi Nina, sua irmã, quem forneceu os poucos dados biográficos que não são especulação da vida de Maryla, até sua morte em 1942.

Porque cada um de nós, os que morremos na Alemanha, no Brasil, em Israel, na Palestina, havemos de sempre deixar uma irmã. Por vezes pais.

Um lugar à mesa, um vestido vazio.

53.

Me dá a tua menina. Me dá ela aqui. Deixa que eu cuido. Pode me dar.

Estranho. Tudo muito estranho. Um círculo apertado de pessoas em volta dela, luz forte lá no teto tão longe. Luz fria.

Lia demorava a entender qualquer coisa. Enjoada a ponto de vomitar. A ponto de vomitar. E a dor. Nossa Senhora do céu, que dor. Um rasgo, um fio quente que passava do pé até quase o meio das costas. Difícil ficar de olho aberto. Mas precisava. Ela precisava ficar de olho. Se desmaiasse podia perder a filha. Perder a filha para sempre. Todo mundo sempre dizia o quanto ela era linda. Todo mundo sempre falava. A filha linda ali do lado, perplexa também, mas sem chorar. Era incrível, a menina. A mãe desmoronada no chão, provavelmente lívida, certamente tonta, quase inconsciente. Dezenas de estranhos em volta gritando, de mãos estendidas. Meu Deus, de mãos estendidas. Eles querem pegar a menina. Eles querem pegar a tua filha, Lia. Mas por quê?

Eu não sei. Eu só ouvi um barulho bem alto. Um estalo. E aí um grito.

Isso. Eu tava ali do lado no outro corredor e ouvi também.

E aí a moça caiu.

Isso, eu também. A moça caiu e a cesta espalhou tudo no chão. Um estardalhaço...!

E ela gritando que ia virando um gemido.

Parecia um uivo.

Isso. Bem isso.

E com a mão no tornozelo.

E a menina segurando a outra mão dela.

Isso. Bem mesmo.

Ela não entendeu nada daquilo. A linha que a prendia à segurança da mãe ainda não tinha sido cortada. Momento algum. Só que a mãe estava antes mais em cima, como sempre, conversando com ela, e de repente no chão, mais baixa, estendida. E chorando. Mas sem largar da mão. Mão fria de uma hora pra outra. Grudenta.

Chamaram alguém aqui do mercado?

Já. Eles tão vindo.

Deixa que eu fico com a menina.

Sempre estava na televisão aquela história. Do menino que sumiu pra sempre. E a filha dela era tão linda... Todo mundo sempre falava. Lia não conseguia imaginar a dor daquela família. Perder o contato. Perder a certeza. Simplesmente perder o filho. A filha era tão linda... Olhinho claro e tudo. Chamava tanta atenção... A mulher queria roubar. Queria roubar a menina pra sempre, roubar a filha dela. Não. Não. Isso não.

A dor, a náusea, a confusão.

Estava muito difícil pensar. Estava muito difícil entender. Nem mesmo o que tinha acontecido com o tornozelo ela tentava entender. Andando tranquila num momento e... será que escorregou? Alguma coisa no chão? De repente uma dor fortíssima que parecia que era um prego quente furando a perna inteira desde o calcanhar. De repente o osso do tornozelo estava encostando no chão e a perna dobrava para o outro lado. Quase separando o pé do corpo.

A dor, a náusea. Desorientação.

Tudo na Lia queria desmaiar. Era fácil. Bastava se deixar. A dor sumia, a náusea desaparecia. Era só se deixar levar. E ela quase não tinha mais força para resistir. Por que alguém não podia apagar aquela luz gelada lá no alto? Lá tão longe. Tão forte. E aquele zumbido. Era a luz que zumbia assim tão forte?

Estranho...

(Lia acordou no hospital. Levaria meses para voltar a andar direito. A filha ficou semanas com seus dedos impressos em roxo na pele do ombro. Só com a sedação conseguiram separar as duas.)

54.

As meninas todas perceberam. Wanda, Ercília. Todas as meninas perceberam.

De início Lia fez que era a única que não. Fez que não era com ela. Mas levou coisa de segundos pra começarem os comentários. Pras outras irem apontando o menino do outro lado do pátio que não parava de olhar pra elas. Que não parava de olhar era pra Lia, como foi ficando cada vez mais claro.

Hora do recreio. Todo mundo de uniforme. As meninas, vestidas com a mesma roupa, davam sempre um jeito de ficar diferentes. Não bastava só o cabelo claro, cabelo escuro, o volume de cabelo. Não bastava a diferença gritante de altura entre aquelas que já estavam dando o estirão de crescimento e as que ainda restavam pequenas (ficariam pequenas?). Elas conseguiam sempre mexer um tiquinho no uniforme e deixar com a própria cara.

Os meninos não.

Os sapatos diferiam um tanto, claro. E marcavam mais do que bem o dinheiro das famílias. Mas os cabelos naquele tempo se pareciam todos. E tão curtos... De longe os meninos pareciam uma massa morna indistinta. Um murmúrio. Uma coisa que pulsava e que de algum modo significava sempre um risco de explosão. Mas o menino novo, o que chegou segunda-feira de outra cidade, ainda tinha permissão de vir para a escola sem o uniforme completo. Blusa branca de gola alta naquele dia. Bem branquinha. E usava o cabelo preto e liso mais comprido, quase caindo no olho direito. Menino bonito. Pequeno, baixinho. Mas bonito. O menino diferente.

E era ele que estava desde o começo do recreio (desde o começo da semana? era quinta-feira já... daqui a pouco o menino seria como os outros...) olhando de canto de olho para Lia. Não importava o que estivesse fazendo, correndo com os outros ou sentado, comendo sozinho. Ele sempre dava suas espiadas. Esticava o olho. E nunca precisava procurar. Sabia exatamente onde Lia estava a cada momento. Ficava atento.

Lia ainda agora tentava negar. Que é isso. Onde já se viu.

Mas tinha percebido dias antes os olhares do menino. Hélio. Helinho.

A diferença era que agora os meninos estavam também falando disso. Não havia como não perceber. Tinham se formado dois campos (rivais?) no pátio da escola. De um lado, em cima da plataforma pequena que levava até a capela, as meninas sentadas em volta da Lia. Concílio. De outro, os meninos de pé, rodando em torno do Hélio e indicando com a cabeça, com gestos que só eles consideravam discretos. As outras crianças continuavam correndo por ali. Jogando futebol com bola de meia. Brincando de mãe-cola. Mas tudo tinha ficado um tanto mais quieto por causa do menino da blusa branca e da moça cercada pelas amigas.

Acho que ele está vindo falar com você.

Elas estavam empolgadas.

Mas Lia havia percebido que os meninos quase empurraram o Helinho. Ele chegou até a esboçar o gesto de voltar. Mas os outros já riam. Tinha dado o passo à frente: eles não estavam mais ao lado.

Ele veio caminhando devagar, cabisbaixo, com o rosto escondido pelo cabelo que agora lhe caía sobre a testa toda. As meninas trilavam. Tiniam. Vibravam. Era a primeira vez que isso acontecia ali, no pátio da escola, na frente de todo mundo. Lia não recebeu um empurrão. As meninas é que discretas deram passos para trás enquanto o menino ia subindo os cinco ou sete degraus.

Ficou parado diante dela. Observado pelos outros lá de baixo. Sob os olhares delas ali atrás. Cabisbaixo diante de Lia, meio palmo mais alta que ele.

Oi?

Ele ergueu os olhos para ela, queixo tremendo.

Alguém, algum dos meninos gritou uma coisa qualquer. Os outros riram bem alto.

Helinho, sem tirar os olhos dela, chutou a canela de Lia. Sem muita força. Mas ralou. Levantou pele. Tirou sangue.

Doeu.

Ela também não tirou os olhos dele. Não tirou os olhos dos olhos dele enquanto ele esteve ali de pé. Não tirou os olhos daquele cabelo preto e bem liso quando ele se abaixou, tremendo, segurou a perna dela, chorando, e lhe deu um beijo na canela fina machucada.

55.

Nada mais na casa tinha sido reformado de verdade. Móveis novos vez por outra ou trocados de lugar. Almofadas. Uma demão de tinta anos antes. Pequenos consertos. O único lugar que passou por obras, refeito e repensado do começo, inteirinho, foi o banheiro. Logo depois da mudança.

Não havia por onde. O banheiro estava um caco e *precisava* daquela reforma. Uns azulejos horrorosos, louça velha, lascada, encardida. A pia tinha uma torneira daquelas de gramado, de jardim, toda craquenta e enferrujada.

Levou dias, foi um estorvo. Tiveram que tomar banho na vizinha e tudo, lembra?

Mas ficou bonito. Ficou exatamente como queriam que ficasse. E se agora a casa podia até ter cara de cansada, certa idade, o banheiro era a joia engastada no fundo do corredor da entrada. Novo e reluzente, mesmo depois de já passado algum tempo.

Verde.

Diversos tons de verde, do risco que juntava o teto branco aos azulejos, indo até ao acrílico da porta do boxe. Jateado? Crespinho. De correr.

A pia, a patente e a banheira, de um verde mais claro, da parte interna de um abacate maduro, quase. Quase maduro. E o bidê, claro. O banheiro tinha ainda um bidê.

O piso era quase claro, de certa forma puxava para o azul, enquanto as paredes (tanto externas quanto na divisa de boxe e banheira) estavam recobertas desses azulejos de um verde mais denso que eram a verdadeira cara do banheiro. De esmeralda. De safira.

Um verde com nadinha de vegetal. Um verde todo aquático, submarino.

No exato momento em que ela entrou no banheiro naquela manhã, às oito e vinte e um, essa atmosfera de mergulho estava ainda mais nítida, tornada mais densa pela quantidade de vapor no ar. Névoa espessa em meio à qual de início ela enxergou somente o vermelho bem vivo da toalha pendurada antes do banho. Agora mais frouxa, molhada, inerte.

A água jorrava do chuveiro elétrico. Barulho constante que em circunstâncias normais seria tranquilizador.

Mãe?

Havia uma fresta entre a porta do boxe e a parede. Mas o espelho da pia, logo à frente, não revelava o que podia, embaçado. E ela teve que entrar.

Olhos bem abertos. Cantos da boca virados para baixo. Lábios entreabertos. Mãe? Por algum motivo sentiu a necessidade de apoiar a mão direita na pia antes de usar a esquerda para deslizar o painel de acrílico do boxe. Mais um passo à frente. Aos poucos o boxe se abriu como uma concha, enquanto ela ressabiada descia os olhos pela parede, sem deixar de registrar que a prateleira onde ficava o xampu tinha caído. Arrancada dos parafusos que a seguravam ali desde a reforma. Jogada no chão.

Equilibrada entre piso, parede e tornozelo.

Apoiada na perna clara da mãe, a centímetros dos dedos da mão esquerda que aparentemente não conseguiu sustentar.

56.

Ela precisava.

Era a única coisa, naquela fase da sua vida, de que ela realmente precisava. Vinha se tornando uma espécie de boia salva-vidas. Momento de estabilidade.

Era tudo corrido. O dia a dia, o trabalho, a filha. Mal tinha tempo de comer se queria garantir que a menina tivesse o que comer, e se quisesse preparar o de comer para a menina. Mal tinha tempo de ter tempo. E ainda fazer isso tudo sozinha. E não demonstrar nem o assoberbamento nem a solidão, nem a dor da solidão, porque a filha não precisava daquilo, simplesmente não era obrigada a lidar com tudo aquilo. Já tinha passado por muita coisa.

Mas agora o ônibus da escola estava ali. Ela viu pela janela a menina subir com sua mochilinha e ser engolida pela porta que, ela quase podia ouvir, emitia seu satisfeito bufo pneumático. Agora o ônibus da escola tinha dobrado a esquina com a filha lá dentro. E Lia dispunha de quase uma hora antes de ter que sair para o trabalho. Bendita defasagem de horários.

Levou poucos dias para decidir como ia empregar esses minutos.

Nada de perder segundos preciosos decidindo a roupa que ia usar. Nada de gastar tempo na frente do espelho com maquiagem. Nada de fritar na frente da tristeza abissal da televisão naquele horário da manhã.

Aquela era a janela possível.

E o que em poucos dias ela começou a fazer foi o seguinte: dava o café da manhã para a filha ainda meio apressada, enquanto lidava com mil pequenas tarefas, cuidava do horário, ajeitava o uniforme, preparava a merenda. Mal tinha tempo de comer, se queria fazer tudo que precisava fazer.

Quando a menina saía, ela respirava bem fundo e pegava uma bandeja.

Duas fatias de pão. Tomates frescos fatiadinhos. Umas folhas de manjericão arrancadas do vasinho do beiral. Um pote de iogurte natural. Mel. Azeitonas pretas. Azeite de oliva. O prato mais branco e mais liso. Um copo d'água. Uma xícara de café recém-passado.

Um sonho de valsa.

57.

Eles não estavam ali para ver a pior parte. Não ficaram.

Os primeiros ruídos dos homens que chegavam mais perto, dos homens que pularam o muro, dos homens que puxaram sua arma... os primeiros ruídos já os fizeram sair em disparada. Todos. Não viram a morte. Nunca entenderiam.

Lia escovando os dentes. Olhos ainda achatados de sono. Uma mão na parede ao lado do espelho, cabeça baixa sobre a pia. Camisola branca. Descalça no azulejo verde.

Ouviu com nitidez o estrondo (não era preciso estar tão atenta para ouvir nitidamente o estrondo) dos homens que tiravam o equipamento da caçamba da caminhonete estacionada do outro lado da rua. Dois. Conversando alto àquela hora, sexta-feira de feriado. Começo do dia. Lia tinha tanto por fazer... Tanta coisa acumulada... A vida apertando. Apertada.

A vida.

Intrigada, foi até a janela ainda sem cuspir, escova pendurada num canto da boca. Os homens atravessavam a rua e vinham para o lado do seu prédio. De onde estava, ela podia ver o portão do prédio; de onde estava, pôde ver que os homens passaram pelo portão do prédio. E logo depois de passarem ela pôde também ouvir o barulho das ferramentas largadas no chão. Mas ali do lado só tem um terreno baldio...?

Lia volta à pia.

Enxágua e enxuga a boca. Estende bem as pálpebras, mantendo os olhos fechados e erguendo as sobrancelhas. Lava o rosto pela segunda vez e volta ao quarto para pegar o chinelo.

Da janela da sala consegue ver os sujeitos pulando o muro do terreno baldio. Um deles já lá dentro, primeiro, e o outro passando as ferramentas. Vem depois. Ela consegue ver que os dois se dirigem ao coqueiro, ao pé de coquinho, ao jerivá. Sozinho no terreno, no meio de um mato ralo, umas plantas estranhas, nanicas, e muita borboleta branca.

Um deles, o segundo, pula o muro, mas fica por ali, depois de ter passado para o outro o que interessava. Fica fumando apoiado no murinho baixo. O outro liga a máquina.

Deus do céu, eles vão cortar o jerivá.

Lia passa as mãos pelo cabelo e pensa, por um momento pensa, não entende por quê, mas pensa que não sabe se deveria gritar. Põe a mão na janela.

Nesses poucos segundos o primeiro homem já fez dois grandes talhos no tronco, em formato de V. A árvore já estava morta, sua morte decretada. Uma coisa viva enquanto Lia cuspia e esfregava o sono dos olhos já estava com a morte decretada, por mais que restasse de pé. Por enquanto...

Lia inútil. Com a mão na janela e a boca entreaberta.

E ficava ainda mais irritada por lembrar, do meio do nada, que palmeira não tem tronco, tem estipe. E aquele ali agora... aquele estipe estava talhado em V. Recortado apontando para a queda.

Tirou a mão do vidro e deixou a cortina voltar. Dois passos para trás, de costas para a janela, ouviu somente um jato a mais do ruído do motor. Certo silêncio depois. E quando ela decidiu voltar ao vidro e ver, quando se virou de novo para aquele lado, ouviu a planta cortar o ar num arco seco, trinchar o campo de borboletas. Cair. Morta no chão. No chão do terreno que se inclinava para longe do muro, o que fez com que a árvore tivesse que cair por uma fração de tempo a mais, tivesse que passar por uma fração extra de humilhação antes de se estender no chão.

Com um estrondo, baque seco, pancada só.

Com um estrondo que, literalmente, fez o piso do piso do prédio em que Lia morava tremer. Oscilar uma só vez. Registrar como agulha num papel de cardiograma aquele pico, aquele V virado uma vez só.

Lia, de boca ainda aberta, não queria voltar à janela.

Quando eles chegaram ali outra vez voaram por um espaço novo. Deram uma, duas voltas. Pousaram para comer no chão os coquinhos amarelos. Cercados de borboletas brancas.

Não entenderiam, nem precisavam.

58.

O portão do prédio abriu sozinho cento e trinta vezes. O portão do prédio fechou sozinho cento e trinta e uma vezes.

O sol percorreu seu arco pelo céu num ângulo bem baixo, fazendo com que a luz entrasse pela janela do apartamento e chegasse a tocar a moldura da foto de Lia na prateleira baixinha da sala. Mas só de leve. E só a moldura.

Treze periquitos e um número indefinido de rolinhas passaram pelo abacateiro do quintal da vizinha com o estardalhaço de uns e o silêncio contrito das outras.

Nenhuma janela do prédio se abriu.

Às onze e quarenta e dois caiu uma chuvarada rápida, pesada, que durou pouco mais de cinco minutos. Mas ninguém se molhou. Ninguém estava na rua.

Quase todos os carros que passaram pela frente da janela que dava para a avenida eram brancos, prata, pretos.

O computador de Lia, se estivesse ligado, teria feito plim dezessete vezes, por causa de e-mails novos que chegaram. Sem saber.

A cama de Lia permaneceu feita, alinhada, intocada.

Uma mosca, presa entre os painéis da janela da sala, continuava ali no fim da noite.

Um único abacate caiu de maduro. Ninguém se machucou nem se sujou.

Uma sacola plástica branca, largada na calçada em frente ao prédio, revoou de um lado pro outro, ficou pesada pela chuva, secou mais uma vez, voou de volta, foi, retornou e terminou o dia amuada, acuada, enfiada na sarjeta.

A campainha de Lia, caso alguém a tocasse, teria funcionado.

Já o relógio do corredor do apartamento, sem corda havia dias, não funcionava.

Num dado momento, no silêncio da sala de estar, o telefone tocou insistentemente e depois parou. Apenas para voltar a tocar insistentemente dez minutos depois.

As árvores da rua passaram o dia entre imóveis e numa leve vibração, folha por folha, com a brisa que chegava não se sabe de onde. E pingando. Daquela chuva.

O cachorro vira-lata que vive no terreno baldio percorreu diversas vezes a quadra com o ar ocupado e determinado dos vira-latas. E passou algum tempo estendido ao sol que naquele mesmo momento roçava a moldura da foto de Lia na prateleira. Só de leve.

O fungo que comia por dentro o abacateiro da vizinha continuou seu trabalho paciente. Em alguns anos ele derrubará a árvore, que parecerá ter sido derrubada pela brisa que vem não se sabe de onde.

A lua, escondida entre as nuvens que restavam, quando surgiu, veio esplendorosa, altiva, brilhante: sozinha.

O primeiro dia sem Lia no mundo durou vinte e quatro horas.

59.

Devia ser meio da madrugada. Escuro completo. Um silêêêncio... Só a casa é que rangia um tanto, os vigamentos, o soalho: seus estalos.

Mas eu estava acordada fazia horas. Ou ao menos era a sensação que eu tinha. O tempo não passava de jeito nenhum. E eu que nem usava relógio pra saber sentia o passo lento de cada segundo arrastado. A cadência pesada dos minutos noite adentro, madrugada.

Um frio!

O inverno naquele tempo era mais duro. Mais comprido e mais cortante. Tão mais duro...

Nessas noites de julho você ficava enroscada na cama embaixo de um monte bem pesado de cobertores, sem ousar se mexer demais porque a fronteira do frio nos lençóis estava sempre a não mais de dois dedos de distância de cada membro estendido. O teu corpo aos poucos consolidava um casulo, uma bolha de calor gostoso, desde que você ficasse rigorosamente imóvel.

Mas a dor ia me deixando inquieta.

A cada vez que eu respirava, um latejado, um fundo constante de dor. E respirar não era nada. Respirar era o mais fácil, ainda que o ar do quarto, que já me gelava o rosto, exposto, passasse pelas narinas deixando a sensação de uma onda fresca e áspera.

O difícil era engolir a saliva.

Eu já estava chegando a ponto de considerar seriamente a possibilidade de deitar de lado, bem na beira da cama, e simplesmente deixar a saliva escorrer para o chão.

Cada vez que eu engolia, sentia um estralejar, como que um barulho quebradiço em todo o espaço que ia da garganta até a orelha. E com ele vinha uma pontada funda, um grito interno, um franzir do rosto e um revirar da boca. E a dor era tão grande que muitas vezes eu engolia só metade da saliva que tinha na boca, e no mesmo gesto de suportar a dor da primeira pontada tinha que aceitar o fato de que precisava terminar de engolir e conviver com a dor de novo.

Me senti inconsolável por uns segundos. Triste, injustiçada, maltratada por Deus e pelo mundo.

Segurava o choro pra não acordar ninguém. (A parede era de madeira, qualquer barulhinho chegava até o quarto dela.)

E voltava a sentir o frio. Voltava a me sentir inquieta, tentava me ajeitar na cama. E logo depois era já hora de engolir. E conter de novo o choro. E sentir de novo o regelo da dor.

Nem lembro como, em qual dessas várias sessões de tortura, eu simplesmente deixei de tentar. Não lembro como deixei escapar uma lágrima quente pela bochecha. E não lembro também do processo que levou dessa lágrima, desse soluço, ao choro todo, inteiro, ruidoso. A única lembrança que tenho é de já me saber gemendo alto, desconsolada, descontrolada.

Esse choro podia querer dizer muita coisa. Como sempre. (Por que é mesmo que a gente chora?) Mas aquele choro queria dizer uma única coisa. Mãe.

E ela entendeu.

O que eu lembro apenas é de me ver chorando alto, desesperada mesmo, e de ela como que instantaneamente se materializar no quarto. Lembro também de começar a chorar mais alto quando ela entrou (socorro) e lembro de naquele momento ter sentido alguma vergonha de fazer aquilo (não vá embora). Lembro da camisola cor de pêssego. Flanela. Comprida. Lembro dos passos dela na minha direção (por favor) e da expressão no rosto da minha mãe. Que parecia querer ser capaz de pegar naquele mesmo segundo a minha dor.

Claro que a mera vontade não tinha esse poder (eu não aguento mais).

Claro que não se faz uma coisa dessas por desejo.

Mas se é possível, ou se ela fez, foi com a mão. Pousando a mão quentinha no meu rosto (tão bom…): cabelo, bochecha, maxila, orelha. Fazendo aquele calor entrar pelo meu ouvido (mãe…).

Ela fez com as duas mãos, porque a outra corria pela minha testa e dizia o meu nome, por mais que sua boca restasse imóvel.

60.

Eu não sei. Mas sabe... O negócio é que eu andei pensando aqui. Pensando, nesses dias que você não estava aqui com a gente. Tive bastante tempo pra pensar. Ô, se tive. Né? Bastante tempo pra pensar bastante coisa. Sobre a gente, sobre isso tudo aqui. Sobre isso tudo. Sobre a vida mesmo. Sobre a minha vida. E eu... eu... Deixa ver como é que eu posso começar. Porque nem sempre é fácil, né? Eu acho... acho que eu... acho, não. Eu sei que eu entendi exatamente, muitíssimo que bem, o que eu precisava entender. Entendi direitinho. E eu sei muito bem aonde que isso tudo vai dar. Aonde que já deu, assim, na minha cabeça e tal. E tudo. Mas achar o jeito certo de por onde que a gente começa a falar as coisas nem sempre é a parte mais fácil. Né? Às vezes é a mais difícil até. Foi bem por isso que eu pensei nessa coisa de dormir. Do sono... Porque eu sempre durmo bem. Aconteça o que acontecer. Eu sempre durmo e sempre acordo no outro dia com uma sensação de vida nova. A única vez que foi diferente foi quando a mãe ficou doente. Única vez. Durou. Mas foi só ali. Só ali que eu acordava e meio segundo depois me vinha na cara a lembrança de que tudo estava igual e de que nada mais ia ser igual dali pra frente. Igual um tapa na cara. Um desespero de manhã bem cedo. Primeira coisa era lembrar que ela estava doente. Que ela ia morrer. Todo dia de novo. Porque no fundo, no fundo eu acho que essa coisa com o meu sono, isso de eu sempre ir considerando que a vida começa outra vez, bem bonitinha, todo dia bem cedo... sempre foi isso. Sempre foi um jeito de não pensar na morte. De fingir que esses quadradinhos na agenda, que essas caixinhas de dividir o tempo são uma coisa real. São de verdade. Que cada começo é um recomeço de novo. Aquela coisa dos teus amigos do grupo. Pensar só num dia de cada vez. Te ajuda a não ver o tamanho da montanha. Te ajuda também a não pensar na ladeira do outro lado. Né? Não é verdade? Sei lá. Mas comigo sempre foi assim. E eu sempre fui levando a minha vidinha bem desse jeito. Rodando. Rolando. Uma coisa azeda, uma coisa ruim... Amanhã é outro dia. A gente começa de novo. Eu começo de novo. Eu. Só eu. Mas nesses dias, agora. Nesses dias que a gente ficou aqui (será que foi por isso que eu comecei a pensar de novo nas últimas semanas lá da mãe?)... Foi bem de repente que me veio esse outro tapa. Esse puta balde de água fria. Que a vida *não é* um dia de cada vez. Que não dá pra viver recomeçando. Que o que a gente perdeu ficou pra trás. Não tem volta. E que tem fim, essa brincadeira. E que ele tá chegando. Um dia de cada vez. Cada vez mais perto. Cada dia um dia a menos... E claro que eu sempre soube. Sei lá. Né. A gente há de saber. Desde uma certa idade pelo menos. Sempre a gente sabe. De um jeito ou de outro. Mas de repente se eu não dormisse tão bem... Talvez eu tivesse sabido de verdade mais cedo. Assim sabido *sabido* mesmo. Entendido que não tem caixinha de agenda nem de tempo. Não tem ciclo de recomeço. Não tem tentar de novo. Que cada dia é cada dia exatamente por isso. Você está me entendendo? Eu não tenho nem quarenta anos ainda. Mas eu agora... eu acho que entendo como é. Eu entendi o tempo. Bacana, né? Entendi o tempo. Acordei de uma vez. Abri os olhos. E desisti de ficar fingindo que ainda acredito nisso de recomeçar, e refazer, e tentar de novo. Dia a dia. Decidi que não quero mais. Decidi que não vale a pena. Lembrei que a mãe morreu um dia. E pra sempre. E de quebra (de quebra mesmo, porque isso nem é o mais importante, tá? Mas nem a pau. Nem de longe)... de quebra eu entendi, esmiuçadinho, analisadinho tim-tim por tim-tim... entendi que alguém que me diz o que você me disse na quarta, antes de viajar... Alguém que é o que você é o tempo todo, todo dia, dia a dia, sem parar, desde *sempre*... Entendi que eu não tenho como rever. Não tenho como consertar. E nem quero ter. Eu não quero mais é fingir que acredito que tem como. Que tem jeito. Que tem cabimento. *Não tem cabimento*. Eu entendi que eu quero é que você vá pra puta que te pariu.

61.

Ela não gosta de mostrar o que traz por dentro. Nunca gostou. Com o passar dos anos, essa tendência foi ficando ainda mais marcada. Um risco fino, em que apenas surgia a junção da linha reta dos incisivos inferiores com o contorno mais quebrado dos de cima era o que o mundo podia esperar dela. O máximo.

Os dentes eram uma espécie de símbolo de mortalidade.

Estranho. Apesar de serem precisamente uma parte do corpo que se renova por inteiro num dado momento da vida, eles tinham (ao menos para ela eles tinham) essa aura estranha. Essa capacidade de representar mais do que o cabelo grisalho, de corporificar mais do que a pele seca e frouxa a decadência, a passagem dos anos, o caminho rumo aos ossos. O desfazer-se de um corpo em algo repulsivo. Algo que morre em vida.

Nunca teve dentes "bons".

Dentes bons, afinal, descontados raros casos em que alguém simplesmente teve sorte, e em que a genética colaborou, são sempre fruto de dinheiro. De uma alimentação melhor e de cuidados mais constantes. Intervenções profissionais de uma vida toda. Aparelhos, correções, obturações, restaurações, clareamentos.

Não teve nada disso. Pôde apenas contar (e que sorte já teve) com constantes visitas a dentistas mal treinados que optavam ou por extrair qualquer dente que tivesse problema ou, anos depois, por entupir de uma mistura de chumbo e prata cavidades do tamanho de uma cratera, que escavavam em molares que mostrassem qualquer pequena cárie.

Deu destino melhor aos dentes da filha.

Mas os seus, mesmo depois de adulta, foram apenas merecendo cuidados paliativos. Quase todas as restaurações de amálgama trocadas por resina, por exemplo. Uma ponte. Um pivô. Nunca primou por cuidar de si própria. E isso se refletia, por exemplo, no fato de que várias dessas restaurações de resina eram nitidamente fruto do trabalho porco de um profissional preguiçoso (*uma* profissional, na verdade). A cor não estava certa, o que deixava não apenas a coroa, mas as facetas laterais de certos dentes como que riscadas, tigradas de laranja.

Laranja!

Outros dentes, em especial os mais de trás, continuavam forrados de chumbo. Material já quase enegrecido pelo tempo. Um deles era obturado até na lateral. Mera casca de esmalte vestindo um núcleo inteiro de metal.

Ela, além disso, tinha bruxismo. Rangia os dentes.

Rangia tanto, por tanto tempo e tão forte, que seus dentes iam sendo como que balançados, para a frente e para trás, o que gerava um estranho esburacamento na base de cada um, como que um cavo por trás da gengiva, que tinha de ser preenchido de vez em quando. Sim. Claro. Os últimos preenchimentos eram cor de tigre, contra o amarelo do esmalte esmaecido.

Tensão. Era isso. Outros já tinham de novo os buracos abertos, descobertos, como taças, como copas que se apoiam sobre estreitos pedestais.

Um pouco por causa do bruxismo e muito por causa das décadas de vida, seus dentes estavam também separados. Havia cada vez mais espaço entre eles, o que de alguma maneira deixava ainda mais patente a decadência. Isolava cada ilhota contra o pano de fundo negro da garganta.

E tudo isso, isso tudo, andava dentro dela o tempo todo. Como lascas expostas e secas ao sol. Como o miolo mastigado de um corpo que ostenta mera fachada de sobrevivência.

Dos dentes da frente ela cuidava um tanto mais. Você precisa ter algo para mostrar aos outros, se quiser que não vejam tudo. E deu sorte com a cor dessa resina. Quase igual. Eles ainda quase se juntavam. Quase. Quase cerravam a porta para o espetáculo triste do que ia se perdendo ali detrás. Parede amarela para o resto, que se perdia.

Apodrecia.

Por isso o mundo via dela, de Lia e do seu interior, um quase nada.

Era por isso.

Pequena janela apertada em que apenas se exibia a união, precária, dos dentes de cima e de baixo. Um sorriso.

62.

Um homem é coluna de pedra. Pilar, pilastra, pedra. A mulher é árvore. Coisa viva.

Ela tinha seus dezessete anos e estava em casa, sentada ao lado da janela, aninhada como um gato na cadeira de palhinha, banhada de um raio de sol, lendo um livro, alguma coisa. Blusa branca de alças finas.

A pedra entalhada da viga sustenta edifícios. Colunas mantêm frontões elevados por séculos. Homens são firmes. Mas a mudança da pedra é fratura. Decomposição. A coluna nunca será tão bonita quanto no seu dia primeiro. Nunca, também, terá a força que teve nos primeiros anos de estada. Estática.

A coluna não se move nem se deve mover. Não mais que o necessário para acompanhar as vibrações da terra, caso trema a terra um dia. Não mais que o bastante para aceitar as acomodações da matéria que soergue.

A coluna mantém.

E pouco depois de pensada, anos depois de erigida, começa a se fragilizar, estilhaça por dentro, invisível, e assina seu destino. Determina-se a sina da pedra. A coluna vai cair. Ceder. Vai ao chão. Sem mais.

E com ela o prédio todo.

A coluna não muda, não cresce, não se altera ou evolui.

Havia um gato também. Uma gata, de fato. Mas estava no piso, largada nas lajotas como esteira, tapete, almofada. O mesmo sol.

Um homem de cinquenta é o menino de nove anos que nunca deixou de ser. Que rachou. Perdeu seu tanto de certezas, ganhou inquietudes, frestas, rachaduras. Versão piorada de uma visão imatura. Coluna estável, rija, prestes. Pronta a ver-se em pó.

Não se vê daqui o que ela estava lendo. Vira agora uma página a mais, sem mover os olhos do livro.

* * *

A mulher é tronco, o que envolve a coluna. Fléxil, grácil, móvel e madura. Em cada estágio coisa pronta, planta plena, ser que cresce. Funcional.

Acima de tudo uma árvore é superior por coisa viva, por pulsante, por complexa e organismo. Composta. De partes que nem sempre se fazem um todo ao mesmo tempo, de raízes invisíveis que dependem de ramificações que não concebem. Um sistema de alimento. De cima a baixo, dos pés à cabeça.

Ferida, ela se cura. Reage, se dobra, se verga em sendo o caso. Escolhe.

Sustenta no chão os brotos que gerou, espalha-se, amplia-se, tolda e protege. Faz parte de um bosque. Mata. Morre o dia todo o tempo inteiro em suas partes, faz-se nova. Depende e por isso se levanta com mais força. Trabalha.

Trabalha, trabalha, trabalha por todos.
Dá flores.

Ela vira outra página. Atrás.

A mulher aos cinquenta é gigante. Carrega cicatrizes, mas viçosa. Viceja. É a menina de nove anos que nunca deixou de crescer. Que se achou. Contém multidões e abarca aquela menina. Ganhou aberturas para a luz, criou um sistema à sua volta. Fundamental, fundamentou-se.

Fez-se mundo.

Foi uma estranha sensação, mais ou menos equivalente a essas interrogações, também elas estranhas, sobre homens e mulheres, pilastras e troncos, cariátides, o que percorreu rumo ao pescoço a coluna de Lia. Um arrepio físico da pele do tronco. Arrepio também de ideias não formadas, nebulosas, sementes de ideias.

Foi ver-se como planta, como ser superior.

Foi saber-se mortal, e ser superior.

Mas sem saber naquele momento ainda dar forma a tudo isso (mas, quando soube, ela o fez tão melhor do que eu, aqui, agora…), sem saber vestir de verbo a sensação.

E tudo porque do meio do nada, naquele silêncio, ao sol de um fim de tarde de outono, um cabelo se soltou de sua cabeça e, em meio a uma página relida, ela sentiu sua queda pelo ombro e braço abaixo.

Inopinadamente.

63.

Você... você é mais bonita. A minha filha... A minha filha, ela era bonita. Quando nasceu era linda. Linda, linda, linda mesmo. Uma coisinha. Mas aí com a vida, com a vida, né... Com tudo que foi acontecendo na vida dela, a menina foi ficando mais bruta, mais... mais assim meio quadrada, sabe. Uma coisa mais pesada. Acho que eu nem reconhecia mais a menina ali naquela coisa que a Lia foi virando com a vida. Foi virando a cara. Nem me conhecia mais. Não era assim bonita que nem você, nem por dentro. Não tinha esse cuidado todo. Não tem. Ela deve estar por aí. Cuidando da vida. Ela é nova ainda. Eu que era velho quando ela nasceu. Ela é nova ainda. Deve ter a tua idade. Mas parece mais. Parece mais acabada que você. Ela foi embora. Foi indo embora, assim, a vida inteira. Teve a filha dela. Não foi mais a minha filha, a Lia. Foi ficando feia, embrutecida. Cansada. Foi me dando as costas. É assim, né. É a vida mesmo. Embrutecida. Mas às vezes me dava saudade dela. Isso antes dela morrer. Ela morreu, a minha filha. Morreu tem anos já. Sabia? Eu não te disse? Não te disse... Me dá uma saudade. Ela morreu, todo mundo morreu e eu fiquei aqui sozinho. Fui ficando. Parece maldição. É a vida. Ela quando era bem pequenininha, ela não conseguia segurar a minha mão inteira com aqueles dedinhos gordos. A gente andava na rua. A gente andava bastante. Ela sempre ia comigo. Todo lugar. A gente andava na rua e ela segurava só um dedo. Só assim o indicador. E andava bem feliz. Eu era o pai dela. Ela era a minha filha. Isso antes dela morrer. Quando era bem pequena. Mas não. Não. A Lia não morreu. Ela só foi embora. Quem morreu foi a mãe dela. Me deixaram aqui sozinho. De mão vazia. A Lia deve estar por aí, cuidando da vida. Quando ela foi crescendo, a gente foi aumentando o número de dedos. Ela começou a segurar dois dedos da minha mão. Depois três. Depois ela segurava os três e eu já conseguia abraçar a mão dela na minha. Mas deixava o minguinho de fora. A gente acostumou assim. O meu minguinho ficava de fora, atravessado, sentindo o pulso das veias dela. A gente andou anos assim. Até agorinha ainda. Antes dela morrer. Tão nova... A filha dela. Eu estou lembrando é da filha dela. Tão novinha... A Lia deve estar por aí, sozinha, que nem eu. Deve estar bem velha já. Tanto tempo. Acho que a gente

nunca andou de mão dada com todos os dedos. Nunca. Cuidando da vida. Porque depois um dia ela foi começando a não me dar a mão. Nem percebi quando ela foi indo embora assim de mim. Sei só que um dia eu notei que a gente não andava mais de mão dada. Ainda antes dela ir embora. A Lia. Pra longe de mim. Com aquele marido bobo. Esse não deve ter morrido. Ah, isso eu aposto. Aquilo não morre. A gente nunca mais andou de mão dada. Nem um dedinho. A minha filha, depois daquele dia que eu não lembro quando que foi, acho que a minha filha ela nunca mais segurou a minha mão. Nem quando eu fiquei velho igual ela. Nem quando eu fiquei sozinho. Nem quando a mãe dela morreu também comigo. Por isso que a minha mão foi ficando assim desse jeito. Tudo morto. Tudo torto assim. Por isso que eu fui ficando sozinho aqui que nem você está vendo. Nunca mais pegou na minha mão. Embrutecida. A Lia.
...
Eu sei... Eu sei... mas o senhor tem que tentar descansar um pouco. Eu estou aqui. Eu fico aqui segurando a tua mão, pai.

64.

Saíram cedo, levaram o cão.

i.

A casa, emprestada, era longe da areia. Por ruas de pedra, vielas, não pouco mato. Lia, pequena, sandalinha, sentindo os talos roçarem as canelas redondas. Solas finas registrando os cacos no chão. Depois de uma caminhada, o cachorro já sumiu por sobre a elevação que separava o mundo que a menina conhecia daquela outra coisa. Daquela enormidade ruidosa e brilhante, daquele movimento infinito, daquele horizonte inteiro novo. Dali, sentia só o cheiro, ouvia o marulho, intuía umidade. Seu coração dava pulos e ela prendia bem firme a mão da mãe antes do estrondo.

ii.

O mar, no ano seguinte, já não era tão estranho. Ela conhecia o receio de andar sobre um chão que não via. Sabia a sensação de ter a pele crispada pelo sal que ficava. A água sempre fresca sob o céu sempre cinzento já era uma conhecida sua. Imaginava. Mas pela primeira vez, dessa vez, estava entrando sozinha na beira da água. Mãe e pai sentados lá na areia. O cão correndo longe. A água daquele ano foi a mais fria de toda a sua vida. Olhando por cima do ombro, pôs as mãos no mar e, como tinha aprendido, molhou o pescoço e as têmporas. Recebeu dois sorrisos de volta.

iii.

Conheceu a Judite ali. Fazia tanto tempo que não iam para a praia... Os pais de Judite desciam todo ano, por isso a menina tinha uma familiaridade maior com a areia, a água, o mundo. Ensinou Lia a pegar jacaré nas ondas maiores. Ensinou a dar pulinhos num pé só para tirar a água da orelha. Ensinou sem nem falar disto que os braços e as pernas ralados pela areia grossa valiam a pena. Ensinou que mergulhar era ir mais fundo.

iv.

Estava olhando aquele menino de longe havia dias. Ele sabia nadar. Entrava fundo e ia sozinho. A água fazia o cabelo preto e cerrado parecer uma esponja brilhante. Lia não sabia o que fazer. Não tinha com quem brincar. O cachorro nem dava por ela. Os pais tinham ido para casa aos primeiros sinais da chuva fina que agora caía. Lia estava subitamente velha demais para brincar. Não sabia o que fazer na água. Não queria ficar à toa no raso sentada igual nenezinho com os fundilhos do maiô enchendo de areia suja. Só foi entrando na água e pulando com as ondas, lançando vez por outra uns olhares para a pele escura do menino. (A onda grande chegou bem quando ela voltava os olhos para o mar, bateu-lhe em cheio no peito e na cara, jogou seu corpo para trás num torvelinho cego e confuso. Lia estendia os braços sem saber se eles bateriam no chão ou não. Rodava sobre si mesma com uma expressão confusa, enfurecida e apavorada que ninguém podia ver. Um pé apareceu acima da água, rápido. Mas ninguém estava olhando.)

v.

A depender da profundidade da água, ela sabia muito bem ficar parada num mesmo ponto, deixando que o ir e vir das marolas fizesse o serviço. Fingia que prendia de novo o cabelo, enxugava os olhos com as costas da mão. Olhava o horizonte. E a água subia e descia e ia e vinha. E subia e descia por ela também um calafrio que a esta altura conhecia muito bem. O mar já tinha sido domesticado. O que restava por entender era muito diferente. E o cão tinha ido embora.

vi.

Era o mesmíssimo ponto da praia. Mas as ruas agora tinham asfalto. E a casa da amiga ficava bem de frente para o mar. Era só atravessar, já descalça, dar uma corridinha pela areia para se esquentar e cair na água. Ela ia cedo, sem ninguém. Todo dia. Só a mãe da amiga, um pouco pela responsabilidade de estar hospedando Lia, um pouco por receio puro e simples, e não pouco por admiração, ficava discretamente atrás da cortina, por uma fresta observando atenta o ponto colorido do maiô da menina se afastar, passando as ondas, rumando ao mar aberto. Longe e mais longe.

vii.

Passou a mão da testa para trás. O cabelo já mais ralo. Tirou os óculos de natação que agora eram necessários. Olhos mais delicados. Água mais suja no mar? Parou um segundo olhando o prédio que ocupava havia anos o lugar da casa da família da Inês. Lambeu o sal em volta da boca. Fungou. Respirou muito, muito fundo, sentindo a brisa que à noite voltava para o mar, gelando seu corpo no caminho. Mexeu os pés ainda cobertos de espuma branca e voltou para o mundo sem nem olhar para trás.

69.

Pode ser que o sentido das narrativas de ficção seja apresentar uma versão da vida vivida, da vida de cada um de nós, que possa ser reconhecida como diferente, mas que ao mesmo tempo consiga ser lida como parecida. Porque então você pode usar as capacidades que desenvolveu no dia a dia e emparelhar a tua mente com a daquelas pessoas criadas, inventadas.

Isso já estaria um passinho à frente da ideia, tão famosa, de que as histórias, ficções, servem para nos transportar a lugares diferentes e nos fazer viver coisas que não cabem no nosso mundo. Pode ser isso, mas pra quê? E tem que se resumir a isso? Só para você ir passear na ilha deserta e viver aventuras impossíveis através de outra pessoa?

Aquela ideia servia pra dar alguma finalidade diversa. Além de tudo, tirava da experiência de ler a aura de completo *escapismo*, de querer simplesmente não estar onde se está. Eu, quando leio, nunca estou ali a passeio.

Em algum momento da vida, talvez lá perto dos vinte anos, eu li um texto de um romancista italiano, no entanto, que era uma severa admoestação (ao mesmo tempo que era uma piada e uma vingança) contra o quanto nós cobramos *verossimilhança* da ficção. O argumento do texto era que a realidade, pelo contrário, está muito pouco preocupada com plausibilidade e decência estrutural.

A partir daí (muito tempo depois, na verdade, as coisas são lentas na minha cabeça, elas vão se juntando aos poucos e tomam forma muito depois) foi me vindo a ideia de que o que realmente separa a realidade da ficção é a existência de estruturas. A lógica.

Por mera questão de economia, e como que de consideração, você, que está lendo, espera que tudo que aparece num texto seja relevante. Não há por que apresentar um personagem novo na página 17 que depois desaparece sem trazer algo de relevante para a história. Isso não quer dizer que os textos se comportem sempre assim. Mas quer dizer que você *espera* que eles se comportem sempre assim. Daí a hiperinterpretação. Daí a gente sair catando leituras profundíssimas de um detalhe qualquer. É assim que a ficção nos acostuma. Se alguém tosse no capítulo 1, deve ter morrido de tuberculose até o fim do capítulo 20.

Na vida real, a busca de um sentido oculto, de uma relevância fundamental em qualquer detalhe se chama religiosidade. Ou paranoia. Ou, não raro, as duas coisas ao mesmo tempo.

Em outro momento da vida, lá perto dos quarenta anos, ouvi um cineasta americano, frequentemente acusado de fazer filmes incompreensíveis, dizendo achar estranho que as pessoas exijam que os filmes façam sempre sentido: a vida, afinal, raramente faz sentido, dizia ele.

Àquela altura, eu tinha saído da postura "ler é viajar" para a postura "ler é exercitar o aparato cognitivo em um ambiente sem riscos" e depois para a postura "ler é encontrar estruturas e satisfazer a nossa necessidade de ordem". Tudo pra cair de novo na dúvida.

Hoje acho que entendi ainda uma outra coisa. Que um livro ou um filme têm acima de tudo valor como recorte. Como suspensão do tempo e dos afazeres reais. Eu nunca gostei de parar no meio de um episódio de uma série. Nunca gostei de conversar vendo filmes. Sempre preferi ler um romance o mais rápido possível, em sessões muito concentradas. E hoje acho que entendo por quê.

Ler é um rito.

Você demarca o começo e o fim do processo e durante a sua vigência você se esquece do mundo. E isso não é acessório para você realizar a experiência. Num sentido muito profundo isso *é* a experiência. E tudo que você vê/lê dentro dessa moldura ganha um relevo novo. Ganha destaque.

Ou seja, é só um jeito complicado de dizer que ler sobre algo, ver uma cena, olhar um quadro é prestar atenção. De verdade. É tirar alguma coisa da esfera do mundo e do fluxo do tempo e realmente olhar/ouvir, o que a gente quase nunca faz na vida real. E quando você dedica atenção de verdade a alguma coisa, quase tudo é bonito e de certa maneira quase tudo se revela cheio de sentidos.

Cheio de sentidos múltiplos, nada sistematizáveis. O oposto da paranoia.

Cheio de um poder que te joga diretamente de volta à vida cotidiana. O oposto do escapismo.

Cheio de uma força que te mostra que nada ali existe de "seguro" ou de experimento.

Meu irmão me diz que o sentido de ler é o fato de não existir sentido em ler. É prazer. Acho que ele entendeu bem antes de mim o que seria a Lia.

70.

A menina não parava de chorar. Desde que chegou, a mesma coisa. Sentadas no sofá, as duas conversavam ou, pelo que dava para Lia ouvir da cozinha, uma gemia baixo, fungava e tremia, enquanto a outra (sua filha, que incrível a sua filha, tão bonita, tão... tão madura) dizia palavras curtas e repetidas e, provavelmente, Lia entrevia, tirava sistematicamente o cabelo da outra do rosto.

Maria Cecília.

Outra Lia em casa. Mas aqui sempre foi Ciça. E olhe que as duas se conhecem desde sempre. Desde que a família da menina um dia se mudou para a casa ao lado e, na mesma tarde, Lia descobriu que eles também tinham uma menina de três aninhos. As duas dali para a frente estiveram sempre juntas. Continuam. Irmãs, quase.

Mas a vida na casa da Ciça vinha ficando difícil. Idade difícil, é verdade. Mas aqueles pais... Será que bateram nela de novo?

* * *

Lia fitava algo ansiosa a chaleira no fogão, enquanto tentava espichar o ouvido para a conversa das meninas. Não eram mais crianças. Não eram crianças. As meninas... Tinham cada vez mais que lidar com problemas complexos. Coisa de gente grande. Tinham que aprender a virar gente grande.

Que maravilha a sua filha ali como consoladora. Cuidando da amiga. Tirando o cabelo da menina da frente do rosto manchado.

Sujo.

Aquele cabelo que eles sempre mandavam cortar tão curto. A menina nunca teve escolha. Um comprimento bobo, ficava sempre na cara dela. E sujo. Sempre sujo.

A mão da filha agora ia sujando ainda mais o cabelo a cada gesto de limpar dele o rosto da amiga.

A chaleira. Lia jogou a água fervendo no balde de metal que já estava pela metade com água fria. Foi cuidadosamente acrescentando a água e testando com o cotovelo, como se faz com o banho dos bebês, até encontrar a temperatura exata. O calor preciso, necessário.

Tarde gelada.

Jogou dentro do balde a caneca de lata e, arregaçando a outra manga, deu dois passos até a sala.

Ciça, minha filha, vem aqui com a tia.

Isso, abaixa a cabeça aqui no tanque.

Água morna, os dedos grossos de Lia entre o cabelo, as mechas separadas que pingavam no tanque, a sensação no pescoço, calor de água e carne, pele e amor, sabão, espuma e afago. Carinho. Consideração.
Dos olhos fechados da menina, tocados pelo vapor que subia, tangidos pelo cabelo molhado, não saíam mais lágrimas. Da boca subiu apenas um suspiro estremecido, enternecido, enquanto sua mão direita subia para tocar a de Lia.

71.

O espaço entre eles vinha diminuindo constantemente. De metros na sala de aula a centímetros nos corredores. Semana a semana. E agora dia a dia. Na véspera do dia anterior, numa hora de se despedir, o rosto do menino tinha tocado o dela, quente, macio, e demorado um nada a mais do que o necessário para se afastar. Hálito doce. Uma vibração do ar em torno.

Agora estavam sozinhos.

Naquele momento estavam sozinhos naquele lugar. Ela hoje não consegue lembrar. Como se a cena toda tivesse se apagado. Ela mal guarda uma lembrança do ambiente. Que lugar? Sensação de luzes apagadas, sons abafados transformados no zumbido distante e compactado de uma estrada muito longe. Hoje ela precisa das fotos para até mesmo lembrar do rosto do menino.

Mas ao mesmo tempo parece capaz de quase sentir com os dedos a presença, o formato, a tensão, a densidade e o calor do espaço delimitado pelo rosto dele ao se aproximar do seu. Sente de novo a pulsação das veias na boca, como aconteceu naquela hora, e pensa sentir que esse movimento vinha também dele, ao mesmo tempo. Parece poder tocar com os dedos a pressão do ar que se comprime entre os dois à medida que se aproximam.

Dedos que de fato estiveram ali, quase entre os dois, num gesto um tanto incerto de subir por tocar aquela pele, da mandíbula até orelha, roçando o cabelo fino, um gesto que por meros instantes quis se ver como alerta, impedimento, barreira, mas que, desviado pelo corpo do espaço apertado entre os dois, se fez afago de dedos que aos poucos se entreabriram para tocar mais daquele rosto, se abriram no exato momento em que ao mesmo tempo se abriam os dentes.

Aqui ela certamente já tinha os olhos fechados.

É assim que lembra de tudo. No escuro. Ela toda feita de tato e palato.

Ele era mais baixo. Eles todos eram mais baixos.

O primeiro toque foi do lábio superior, que mal roçou o dela, quase um nada, gerando no entanto uma curta inspiração repentina. Um quase susto. Aspiração. No minúsculo, mínimo instante seguinte, aquele lábio já tocava nos dentes de Lia, enquanto os lábios dela tremiam e sentiam de pronto o contato de toda a boca do menino já sem rosto, enquanto o lábio inferior de Lia se sentia preso entre dentes lisos e úmidos. Contente.

Não era um beijo.

Ainda não.

Pode ser que ele já achasse que sim. E que pronto. Estava imóvel. Vibrava aceleradamente. Tinha mãos?

Mas não era um beijo.

Lia soube. E, sem saber como soube, soube o que lhe cabia.

Foi ela quem seguiu adiante. Foi ela quem saiu por entre os dentes no momento exato em que saía também seu alento preso desde antes. Leve, também ele adocicado, quase certo. Foi ela quem saiu por entre os dentes sem chegar entre seus dentes por roçar em outra boca, aquele lábio entre os seus. Saliva viva, movimento, uma carícia incerta em toques breves, como testes, na ponta da língua. E foi como se o menino derretesse.

73.

Parada na porta do quarto, encostada no batente, cansada, xícara de chá fumegando na mão (camomila). Com a pouca luz da lâmpada fraca do corredor, ainda assim podia ver a forma na cama pequena. Com a pouca luz que por sorte era refletida pelas paredes brancas. Com a pouca luz que ainda assim contornava seu corpo à porta. Não o suficiente para gerar uma sombra na menina adormecida, mas que bastava para fazer dela, mulher parada à porta, uma sombra de corpo inteiro recortada contra a parede branca do fundo.

Já a outra, a menina na cama, esta sim tinha sobre si uma sombra em negativo, o recorte do requadro superior direito do umbral. Pedaço de retângulo mais nítido que traça uma linha reta sobre os cobertores, separando a cabeça iluminada do restante do quarto que se mantinha no escuro.

A menina estava adormecida fazia horas. Na mesmíssima posição em todas as ocasiões em que a mãe foi até a porta e a entreabriu de leve para verificar. Nenhuma precaução. Nenhum motivo de preocupação. A menina tinha saúde e dormia bem. Profundamente. Mão esquerda em concha posta à frente do rosto. Bochecha redonda e lisa como nunca mais. Fios de cabelo fino desregrados pelo rosto.

Um adulto visto quando dorme pesado é uma incômoda lembrança do cadáver que se prepara.

Provavelmente pela última vez, a mãe abriu decidida a porta para encostar ali e passar alguns minutos olhando a filha. Respirando, sem perceber, no mesmo ritmo da pulsação do corpo da menina sob os dois pesados cobertores. Fazendo força e vez por outra conseguindo ouvir (ou teria imaginado) o ruído leve, delicado e precioso do ar que entrava gélido e saía morno do corpo adormecido da menina.

(Num quarto em que nada se move, o registro das perturbações causadas pelas ondas de ar quente que saíam das narinas da menina, subindo imediatamente em torvelinhos confusos e deslocando massas pequenas de ar frio pelo caminho, traçaria um mapa de arabescos semelhantes aos que decoravam certas contracapas de livros antigos, ela poderia ter pensado, se pudesse ter pensado. Uma dança de espíritos benévolos que quase tangiam o corpo da menina, epicentro.)

Ela olhava a filha, bebia seu chá. Sentia o calor descer pelo seu corpo e subir, menos calor, no vapor que lhe vinha da xícara. Cheiro perfeito.

Eu sei quem você é. Você ainda não sabe. Vai passar os próximos anos achando que sabe, até descobrir a verdade. Depois vai precisar de muitos mais pra passar a outra verdade qualquer. Vai ser difícil, especialmente porque você ainda não vai ter a clareza do quanto não precisa ser difícil. Mas você vai acabar aprendendo que não é doloroso aprender a ser você. Só que, enquanto isso vai doer sim, minha filha. Vai doer por motivos que nem eu nem você podemos ver daqui. Mas vai doer também por você ser quem você é, como você é, perdida e descomposta como todo mundo, mas de maneiras também só tuas. Vai doer por motivos que só eu posso ver daqui.

Você, dormindo, lembra tanto teu pai...

Mas durante o dia, atenta, alerta e animada, você de vez em quando faz umas caras em que eu me vejo com uma precisão tão completa que até me assusto. Me espanta.

Eu sei que você tem muito de mim. Eu sei que você tem de mim inclusive certas partes que vão te causar essa dor. Certos problemas que você vai demorar pra perceber. E nunca vai contar pros outros porque nunca vai contar com os outros. Esse é um dos problemas, afinal. Eu vejo com uma clareza lancinante as partes de você que estão aí ainda em germe e que estão aí quase que só pra atrapalhar a tua vida.

E exatamente por ver tudo isso.

E exatamente por ter tantos anos mais que você de contato com essas partes.

E exatamente por saber exatamente em que pedra você vai tropeçar.

E quando.

E quanto...

Eu sei que não posso fazer nada. Nada além de fechar essa porta bem devagar. Pra essa luz não te acordar.

74.

Mas por que justo ela?

Vamos fazer assim. Imagine uma sala (melhor um pequeno ginásio) em que estejam mil pessoas. Melhor, 1024 pessoas e um alto-falante. Mil e vinte e quatro pessoas, cada uma de posse de uma moeda.

E um alto-falante.

A voz da cabine de comando se dirige aos indivíduos ali presentes (homens, mulheres, de idades variadas e provindos de classes sociais díspares. Dois cadeirantes. Um cego e uma moça com problemas severos de audição. É até bonito. Eles estão lado a lado, e ele é baixo, seco, rugas profundas e sopra alto no ouvido dela as instruções da cabine de comando) e pede que cada um lance sua moeda no ar e pegue com a palma da outra mão antes que ela caia no chão, memorizando o resultado.

Em seguida, a voz pede que todos que tiraram coroa deixem a sala.

Os que restaram, no tempo que leva para que os outros saiam pelas duas grandes portas de emergência no nível da quadra, vão rapidamente se dando conta de que, pelas boas e velhas leis das probabilidades, cerca de metade dos presentes tiraram coroa. Digamos, para facilitar nosso experimento, que tenha sido exatamente a metade. Assim, saem pelas portas largas 512 pessoas (os dois cadeirantes! Logo na primeira rodada...), exatamente o mesmo número das que ficam.

Olhares de curiosidade.

Casais separados por essa primeira moeda. (Me espera lá fora?)

Como era de imaginar, a voz incorpórea, depois que o grupo se aquietou, pede que todos façam de novo um cara ou coroa. As leis da probabilidade não sofreram alterações fundamentais. Com isso, 256 pessoas levantam os olhos da palma da mão já com a certeza de que serão convidadas a se retirar. Algumas riem. Outras parecem aliviadas. Umas poucas parecem contrariadas ou, melhor, decepcionadas.

Dito e feito. A voz pede que saiam.

Entre os 256 restantes começa a se desenhar certa camaradagem. Brincadeiras.

Nova rodada e, como não poderia deixar de ser, mais 128 pessoas deixam a sala, informa o senhor cego à moça surda.

Os que ficaram começam aos poucos a perceber que está fazendo frio no ginásio. Aquelas portas escancaradas. O vento que vem de fora...

A rodada dos 64 se inicia quase sem pausa, e agora cada grupo leva muito menos tempo para sair. Os restantes, como que motivados pelo que parece mesmo ser um jogo, levam muito menos tempo para ficar em posição de espera do novo comando. Alguns saltitam empolgados no mesmo lugar.

A ordem para jogar outra vez as moedas agora parece demorar. Mas o resultado, depois, é o mesmo. Claro. Agora são 32 pessoas no ambiente que minutos antes continha mais de um milhar. E essas 32 pessoas vão se transformar em 16 em questão de segundos. (Parece que as ordens do alto-falante estão chegando antes mesmo de os eliminados saírem de cena. A cabine de controle tem pressa? Ou será que as pessoas é que já caminham mais lentamente para as portas, olham mais para trás?)

Os oito participantes que ficam depois de mais uma rodada quase não se olham. Vários se entregam a curiosas superstições. Sopram a moeda entre as mãos. Mantêm os olhos fechados enquanto ouvem a ordem. A cabine precisa intervir quando alguém falha em pegar a moeda com a mão depois de jogá-la para o alto (curiosamente a primeira vez que isso acontece), determinando que a pessoa veja o resultado ali mesmo, no chão. (Os participantes passam a conferir, com maior ou menor discrição, o resultado das moedas dos outros.)

Agora são quatro.

Dois.

(Trata-se de um experimento mental. Haveria muito boas chances de que a última rodada tivesse que ser realizada mais de uma vez.)

Mais um lance. Duas moedas. E ficará apenas uma pessoa no ginásio. Ela também ouvirá o alto-falante agradecer sua participação e pedir que se retire. Nada mais que isso.

De um ponto de vista estatístico, nada de anormal aconteceu. Cada rodada teve precisamente o resultado equitativo que era de esperar. Pontos anônimos foram registrados em gráficos anônimos. Por outro lado, veja bem: aquela pessoa que está saindo por último do ginásio, sem saber se celebra ou não (não há prêmios, ao contrário do que eles começaram a especular quando já restavam poucos no jogo), aquela pessoinha qualquer jogou dez vezes sua moeda e tirou cara dez vezes.

Dez vezes seguidas. Parece especial.

É a Lia?

Não.

75.

Lembra, querida, quando você era pequena, que você conseguia acender a lâmpada só com a "força do pensamento"?

Nossa. Lembro sim. Sabe que dia desses eu tava falando com a Lelê bem disso aí. Que coisa mais doida. Porque eu lembro que funcionava! Né? Ou que, sei lá, que funcionou uma vez pelo menos. Eu fiquei *super*impressionada.

Foi. Foi mesmo. Funcionou umas quatro vezes. Na primeira tinha acabado a luz mesmo. Naquela época acontecia direto. E uma hora, você era pequeninha, você enjoou, montou um beiço enorme e disse, *acende*, e a lâmpada acendeu. Na mesma hora. Você saiu dançando de contente, com uns olhões desse tamanho. E não abriu mais a boca. Ficou quietinha sobre isso. Mas aí, no dia seguinte, do meio do nada eu te via paradinha de frente pra parede. Olhando pra cima. Pra aqueles interruptores bem altos de antigamente. Tentando acender uma lâmpada apagada. Engraçado que você podia até estar se achando meio sobrenatural, mas não olhava pra lâmpada. Os teus superpoderes comandavam o interruptor.

Mas então foi só essa vez. Do apagão? Porque eu lembrava diferente...

Não. Teve outras. Você tentou milhões de vezes. Mas umas três ou quatro vezes funcionou. Sempre com o interruptor da sala. Da sala da casa velha, lembra?

Claro. Engraçado que eu só lembro é disso. De ficar em frente ao interruptor e conseguir fazer acender. Mas eu tentei com outros também?

Tentou. Tentou em tudo quanto era canto.

Que história maluca...

Não sei. A gente aprende umas coisas quando fica mais velha.

Como assim?

Lembra outra crença tua, uns anos depois, logo que a gente comprou um videocassete usado?

A coisa do pause?

Isso. Um dia você apertou pause pra ir, sei lá, pegar um bolinho pra comer e de repente você parou e ficou olhando pra televisão, vendo que a imagem que estava parada ali não era qualquer imagem. Era uma coisa linda. Significativa pro filme inteiro e bonita que só. Um quadro especial. Depois disso você foi reparando que, por mais que a gente estivesse vendo um filme banal qualquer, por mais que você apertasse o botão sem nem olhar pra tela, você sempre dava pause num momento lindo, numa cena especial, num quadro perfeito e denso, cheio de significado. Foi o teu segundo superpoder. Um talento especial. Você sempre conseguia achar o momento ideal pra dar pause. Sem se esforçar.

Eu lembro. A gente ficava um tempão olhando as imagens e falando delas. Com medo de estragar a fita. Ou o aparelho.

Isso. Bem isso.

Mas que é que tem?

Oi?

O que é que isso tem a ver com as coisas que a gente aprende depois de velha?

Ah... que não era talento. Que não era sorte. Que não era nada. Que no fundo qualquer cena de qualquer filme em qualquer segundo, congelada, examinada, é linda e cheia de significado.

...

Qualquer momento. Qualquer coisa. É só prestar atenção, né? É só dar "pause".

Ah! Sua estraga-prazeres!

Pelo contrário, minha filha. Mas muito pelo contrário.

Só falta agora você vir me dizer que eu não tinha o poder mágico de acender a lâmpada da sala com a força do pensamento!

Ah, não. Isso era verdade. Verdade verdadeira.

Ahahahaha.

Não. Era verdade mesmo. Era só a tua vontade. A força, a intensidade da tua vontade. A força dos teus olhinhos apertados e do teu cérebro concentrado. Só que não no botão do interruptor. A vontade da gente não tem grandes poderes sobre a eletricidade. Mas tem sobre outras forças.

Como assim?

Tinha outro interruptor na sala. Escondido atrás da cristaleira. Bem ali onde eu ficava te olhando.

76.

(*Tinta azul, envelhecida*)

Dia 15, quinta-feira.

Acordei mais tarde hoje. Tive os sonhos mais esquisitos. Uma coisa atrás da outra a noite inteira. Parece que eu só fui descansar de manhã. Mas aí foi bom. Ficar na cama já com um solzinho entrando no quarto. Melhor hora do dia.

Dia de lavar a cabeça, então pude aproveitar o banheiro quentinho logo cedo.

E aí a feira. Dia de feira. Quinta-feira.

Tudo molhado, porque choveu a noite toda. Mas o pessoal, os feirantes, todo mundo animado como sempre. E eles têm que acordar tão cedo... Tiveram que arrumar tudo embaixo de chuva, no meio da madrugada, enquanto eu me batia e reclamava de estar sonhando demais para uma noite só.

O asfalto e os toldos de lona das barracas brilhando tão bonito embaixo do sol, com umas gotas gordas de água por tudo. Teve uma hora que uma feirante deu um empurrão no toldo empoçado de água, e voou água por tudo, bem na minha frente. Bonito com o sol. E as pessoas gritando com ela. E rindo.

Almocei por lá mesmo. Pastel. Encontrei a dona Joana da casa da esquina. Nossa, como fala! E eu só querendo comer em paz e voltar pra casa.

Passei a tarde mexendo no quintal. Estava mais do que na hora. Muita coisa acabou ficando por fazer nesses últimos meses. Também... não foi fácil não, oh, caro diário.

Quando o dia já estava ficando escuro é que eu voltei pra dentro. Tomei outro banho e comi qualquer coisa.

Jornal na tevê.

Novelinha.

Dia tranquilo, afinal. Depois da noite movimentada. Lua nova.

(*Tinta preta, mais recente*)

Nunca vou esquecer do dia em que eu te conheci, amor. Feliz aniversário de casamento.

78.

Os aplausos tinham acabado não de modo brusco, mas com aquele corte que deixa duas, três pessoas batendo palmas sozinhas. Sempre difícil determinar quem foi o último a aplaudir. Quais foram as duas últimas mãos a se juntar. Talvez, como sempre, a coisa tenha tendido ao som de uma única mão.

Luzes acesas desde o fim do bis, plateia toda à vista para que do palco se pudessem ver os rostos, os sorrisos, os olhares de carinho e agradecimento. Alguns desses olhares se mantinham mesmo agora, momentos depois. Durante conversas com acompanhantes, gestos lentos e meio desordenados de pegar um casaco, juntar uma bolsa, dobrar um programa. Outros desapareceram em instantes, trocados pelo foco vago de quem voga rumo à porta. Pensando no horário do ônibus, do estacionamento.

O ruído dos passos dos espectadores, engargalados nos estreitos corredores, esperando aquela eterna senhora obesa, o incontornável adolescente desligado, era muito menos evidente que o som dos pés dos músicos, mais de uma centena, que seguiam pelo palco largo antes de encontrar seu próprio funil numa das duas portas laterais, nos fundos, que lhes davam acesso aos bastidores.

A madeira do palco, alçapões escondidos, o peso dos instrumentos que alguns músicos carregavam (o coro era quase tão grande quanto a orquestra), o necessário arrastar de estantes de partituras e cadeiras para permitir a passagem, tudo gerava um caos considerável, quase desconsiderado, no entanto, pelos espectadores, que equivocadamente (na ausência de uma cortina) imaginavam que o espetáculo tinha se encerrado.

Ignoravam também que os olhares dos músicos no palco eram muito mais felizes que os seus.

Um violinista tropeçou na perna de uma cadeira. A mocinha da primeira fila, a quem o regente entregara o buquê de flores que recebeu no palco, exibia um sorriso gigantesco, e seu namorado olhava preocupado para a chave do carro, que já tinha na mão.

Quatro moças com ar cansado seguravam abertas as portas do auditório, sem trocar palavra, mas com olhares que, afeitos ao ritual, já conheciam sem nem mesmo reconhecer. Do lado de fora, ao perceberem a movimentação no átrio do teatro, taxistas começavam a se agitar, prontos para abrir a porta para alguma senhora obesa ou para certo adolescente desligado. Na praça em frente, dois pombos retardatários ciscavam a calçada sem nada saber de Beethoven.

As fileiras de poltronas iam esvaziando com o fluxo de pessoas que rumavam para os corredores. Quem estava sentado mais atrás pôde sair mais rápido e as fileiras mais próximas do palco tinham o passo travado pelo congestionamento dos corredores laterais. Daí que quando a trompista chegou à metade do palco e olhou para a plateia, viu um vê de poltronas de veludo que se abria da primeira fileira até a última, como o foco de um holofote carmim.

Na última fileira do fundo, bem no centro, cercada de assentos abandonados Lia, cabeça baixa, chorava convulsivamente.

79.

Foi mais ou menos isso...
que a gente passa a vida toda dizendo coisas aos outros que os outros nem necessariamente chegam a ouvir ainda que na maioria das vezes eles acabem respondendo de maneira adequada e isso porque no fundo nós também nem ouvimos direito as coisas que eles dizem pra gente e tudo acaba sendo uma espécie de levantada de sobrancelha assim de longe assim como quem não quer mesmo mais que isso um bom-dia um como-vai um tudo-bem que são coisas que no fundo se levadas a sério têm uma força muito grande imagina o que é você de verdade desejar um dia bom a cada pessoa que passa por você ou perguntar como anda a vida dela e imagina se ela de fato respondesse o que é claro que ninguém quer também mas no fundo ainda assim por outro lado muito embora o negócio é que ainda é triste pensar no quanto a gente vai transformando as coisas que a gente diz em coisas que a gente diz e pouco mais

e talvez até um pouco menos porque vai muito além mas tão mas tão mas tão além disso de bondias e comovais mesmo em situações mais raras e talvez até por isso mesmo mais codificadas a gente acaba se vendo preso ao fato de que todo mundo espera que a gente diga certas coisas e que a gente de fato tem que dizer essas certas coisas e aí a gente diz exata e precisamente a única coisa que pode e que cabe dizer e as pessoas sabem que aquilo vai ser dito e o que tinha que ser dito o que precisava o que gritava urgentemente por ser dito acaba não sendo transmitido de jeito nenhum acaba ficando impossível porque é óbvio demais é um privilégio enorme para mim estar aqui por exemplo que você pode dizer quando agradece em público a um convite e é de verdade um privilégio e é enorme mas você quase não tem como fazer as pessoas entenderem que sente essas coisas no fundo que sente de verdade porque as palavras são as mesmas palavras gastas com que todo mundo diz as mesmas coisas quando sente e quando não sente quando é mentira e quando é verdade e é que nem a luz da lua a luz da lua continua ali e é sempre ela mesma e todo mundo sabe e percebe e se dá conta mas pelamordedeus será que um dia a gente se dá conta de verdade que está olhando pra cara da pessoa na nossa frente graças à luz que saiu de uma estrela que a gente chama de sol longe longe longe longe daqui e rebateu numa pedra voando no universo e veio parar bem aqui zilhões de quilômetros de distância e que maravilha que é isso que coisa mais incrível e inexplicável e cotidiana e até por isso mesmo e se você tentar se você sequer tentar dizer uma coisa dessas pra alguém vai soar oca vazia ou louca e maconheira porque a gente não consegue ver as coisas de verdade e nunca consegue dizer as coisas de verdade bom dia dorme bem quanto tempo que saudade fica com deus…

… que teria, se tivesse, passado pela cabeça de Lia enquanto ela se preparava para dizer, lentamente, olhos bem abertos:

Você salvou a minha vida.

80.

Ela estava passando em frente ao Passeio Público. Pela calçada do outro lado da rua. Trânsito leve de manhã cedo. Dia frio. Céu cinzento. Passarinhos.

Um caminhão subiu a rua em direção ao Centro Cívico. Deve ter ventado, só podia ser essa a explicação num dia de tempo tão parado. O vento deve ter sacudido a folhagem das plantas do outro lado, dentro e fora da cerca do Passeio.

Mas não foi bem na mesma hora.

Levou uns segundos.

Ela não sabe se foi sua visão periférica que deu o alarme. Ou se ouviu um baque. Sabe no entanto que perdeu os primeiros milésimos de segundo da queda, mas acompanhou o restante da trajetória até o chão com a naturalidade de quem virou a cabeça sabendo o que espera. Embora ninguém pudesse esperar.

(Não havia mais ninguém na rua.

Ninguém à vista dentro ou fora da cerca do Passeio. Ninguém por perto.)

Quando aquela inexplicável bolinha de tênis saiu do meio dos galhos de um ipê, derramou-se em linha reta até a calçada, quicou três vezes e depois rolou, lentamente, até a sarjeta. Único ponto amarelo na cena.

Rolando ainda agora.

Como se quisesse chegar até a Lia.

84.

Ela parada diante do espelho do banheiro. É cedo. Ninguém em casa se levantou. Ela sim, e de fato se sente completamente sozinha.

No entanto a porta está fechada. Trancada.

O olhar fixo no olhar do espelho tem algo de resistência. Parece fácil ver que ela se mantém de olho nos próprios olhos não por querer investigar a sua alma, não por querer entender o que traga por dentro. O fato é que esse olhar inabalável está fugindo de enxergar outras coisas. Algo que, se ela esconde, esconde muito mais na superfície do corpo.

A mão direita tira uma mecha de cabelo da frente do olho. A esquerda, enquanto isso, ligeiramente trêmula, continua segurando com uma firmeza talvez descabida o primeiro botão (o de cima) de um pijama de flanela azul-clarinho. A boca está revirada para baixo. Firme. Mas torcida. Lia respira fundo.

Enquanto abre aquele primeiro botão seus lábios começam a se mover, formando o que devem ter sido palavras com significados um dia claros, antes de a língua que ela fala se tornar coisa natural, objeto de todo dia, um móvel a mais que ela precisa contornar para atravessar os cômodos. Seu queixo treme um pouco sem no entanto atrapalhar esse monólogo com jeito de oração.

Pisca tão lenta que parece que não vai mais abrir os olhos.

A parte de cima do pijama está aberta, mas as duas laterais do paletozinho ainda se mantêm no lugar, descobrindo apenas um tanto de pele lisa, do esterno ao cós da calça.

O gesto que parecia levar as mãos à lapela do pijama se desvia do caminho e termina colocando o cabelo atrás das orelhas antes de cumprir o que anunciava. De um golpe ela está de peito nu diante do espelho.

Pisca tão lenta que parece não querer mais abrir os olhos. Morde tão forte que a articulação da mandíbula lhe salta sob a pele dos dois lados de um rosto que já foi mais suave.

Desvia os olhos dos olhos. Olha firme e decidida para o corpo exposto. O corpo, o torso, o peito que a noite não alterou. Que o sono não curou.

Nada se alterou. Lia continua vendo um único seio.

O queixo treme descontrolado e do olho esquerdo lhe cai uma lágrima grossa e lenta. Morde o lábio enquanto sua mão parece querer e não poder se dirigir à superfície completamente plana do lado direito do tronco. Perfeita. Lisa. Está assim, desse jeito, há dias. As meninas da escola dizem que o outro também vai crescer.

87.

A memória é confusa. A lembrança é confusa. Mas o cenário que ela tem na mente quanto a isso é definitivamente a casa da tia. Da única tia.

Por que teria passado a noite na casa da tia daquela vez? Nenhuma chance de lembrar. Não era assim tão frequente, mas ao mesmo tempo não se podia dizer que era uma excentricidade. Sem filhos, viviam só os dois naquela casa enorme. Vazia. A tia e o marido.

Nem Lia nem seus pais, jamais, se referiram ao marido da tia como "tio". Ele era chamado apenas pelo nome ou pelo papel que tinha assumido ao se casar com a Aurora: o marido da tia. Sujeito estranho, sempre um ligeiro desconforto à sua volta. Alguém que parecia elevar em meio grau a temperatura de todo cômodo em que entrava. Sorrindo. Ele sempre entrava sorrindo. Um homenzinho esquisito, o marido da tia.

Lia só lembra daquela noite em especial porque estava demorando para dormir. Devia ter seus onze, doze anos, e nessa fase ela normalmente caía no sono como um ovo numa panela de sopa fervendo... mudando de estado sem nem se dar conta. Ficando opaca. Mas naquela noite não.

Talvez fosse o barulho no quarto da tia, logo ao lado. Provavelmente foi isso.

Ruído de estrado. Vozes abafadas. Um risinho ou outro. Como é que a tia podia aguentar aquele marido?

Os dois de conversê. Só isso.

Som de panos, de molas. Os dois sozinhos. A porta do quarto que abriu e fechou e depois a do banheiro. Mais vozes abafadas.

Provavelmente foi isso.

Lia lembra de estar acordadíssima, mas de por algum motivo sentir que devia ficar completamente imóvel. Não produzir qualquer som. Não dar mostras de que estava acordada.

A cama era barulhenta. Faria barulho se ela se mexesse. O silêncio era grande: era uma chácara, a casa da tia. Longe de tudo.

E ela começou a tentar se distrair dos barulhos do outro lado da parede com essa brincadeira de ficar imóvel. De não mexer nem um único músculo. De olhos fechados, nem piscava.

O cobertor começou a pesar na ponta dos pés (estava deitada de costas), mas ela não se mexeu. A barriga fez borbulhas (sentiu com as mãos, largadas sobre os ossos do quadril), mas ok, ela não podia controlar. Tudo estava indo bem, ela totalmente concentrada em não se concentrar em mais nada. Só no seu corpo imóvel embaixo das cobertas. Som dos bichos lá fora.

E foi aí que começou a coceira.

Logo do lado do nariz, naquele risquinho que junta a narina ao rosto. Conteve o reflexo de franzir a cara. Bem a tempo. Sentiu um suor brotar na testa. A respiração se alterar.

Santa virgem, como coçava.

Podia ceder. Seria relativamente silencioso, se feito devagar. Mas agora era um jogo. Resistir tinha se tornado o único objetivo. Nunca ceder. Jamais ceder a uma tentação como essa.

Tentou se distrair. Ouvir melhor os ruídos do mato. Nada.

A coceira era mais forte. Tentou se concentrar no seu esforço de trazer o ritmo da respiração de volta ao normal. Mas a coceira não deixou. Não deixava.

Virgem amada.

E foi nesse momento, bem quando a porta do quarto da tia fechou de novo (de novo!), que ela aprendeu uma coisa que nunca mais esqueceu. Decidiu enfrentar de vez o problema. Eliminar a tentação sem fugir dela, mas olhando de frente. Cara a cara. Como a menina grande que já era.

Passou a prestar a maior atenção do mundo na coceira. Apenas na coceira.

Que de início aumentou.

Ela quase franziu de novo o rosto. Mas continuou.

Como era aquela coceira?

Era um pedaço do rosto bem maior do que pareceu no começo. E era diferente no centro e nas "bordas". E a parte mais difícil não era um ponto. Era meio que um risco que ia mudando de configuração. E a coceira não "pulsava", como ela teria imaginado. Não latejava. Era uma sensação contínua. Permanente.

Toda essa observação não diminuiu a coceira.

Pelo contrário.

Mas ela foi deixando de ser um incômodo. Tornou-se um ponto de interesse. Lia sempre foi curiosa. Passou a ser algo que ela abrangia, abarcava. E não algo que lhe dava ordens.

Foi um momento superimportante na vida dela.

88.

Oi, fofinha.
Tudo bem?
Engraçado, né? Escrever uma carta pra você. A formalidade da ideia de uma carta. "Tudo bem?" Até uma coisa dessa que a gente diz todo dia pra alguém de uma hora pra outra parece que fica meio sem jeito, meio duranga.

É estranho eu precisar escrever uma carta pra você. Sentir a necessidade de conversar com você desse jeito. Acho que a gente nunca passou tanto tempo sem se ver, né? Ainda que a gente continue se falando. Ainda que a gente não se perca. Mas, puxa, eu ando com tanta saudade de te ver de verdade, de te dar uns apertos... Sentir o cheiro do teu cabelo.

Eu sei... eu sei que a gente tem evitado dizer essas coisas. Eu digo "a gente" porque fico aqui imaginando que você pensa igual. Que tem a mesma saudade. A gente sabe que é o passo da vida neste momento e que se eu ficar aqui me lamuriando do quanto sinto falta do tempo que a gente se via todo dia, o dia inteiro, eu vou só piorar a situação e criar meio que uma camada de tristeza. É a vida, né?

As coisas que acontecem com a gente.

Cobrir o mundo inteiro de couro sai muito caro. Mais fácil calçar sapato. Ou deixar a pele engrossar de tanto dar topada!

Enfim, saudade grande de você, minha filha.

Mas, ao mesmo tempo, eu queria só te dizer o quanto estou feliz (e essa parte talvez eu até envie mesmo) de ver você aí de pé, cuidando da vida, morando no teu apartamento. Como ficou bonitinho o teu apartamento! Não sei de onde você tirou esse bom gosto todo!

Hahahahahaha.

Só de saber que você está aí toda independente, cuidando das coisas, pagando as tuas contas, fechando a porta quando volta do trabalho (você tem um emprego, fofinha!) e passando teu tempo no teu mundo, aí bem isolada nesse décimo quinto andar, na tua torre, no teu apartamentinho pequeninho e tão bonito... puxa... me deixa com uma sensação tão boa... Com uma admiração tão grande por você... Pela tua capacidade de se pôr de pé, de lidar com as coisas, de manter a cabeça em ordem, clara.

Eu sempre soube que você era melhor que eu. Mais adulta mesmo quando ainda era criança.

Mas ver essa sua evolução acontecendo todo dia, ver as pessoas descobrindo isso também, ver o mundo confirmando que sim, que a minha menina agora é uma mulher eficiente, interessante, encantadora... de novo, é uma das maiores felicidades da minha vida.

É meio que o bônus, né?

Porque eu só posso sentir tudo isso, e você só pode provar pra você mesma e pro mundo inteiro o quanto você é capaz, se você estiver aí na tua torre, longe de mim. Dando esse passo. Olhando o mundo bem de cima e entendendo tudo.

E eu fico aqui com a sensação de que isso é só um período esquisito. Uma coisa a mais pra eu ver em você. Que vai passar, claro que vai. E virar outra situação nova. E que vai deixar ainda mais forte essa sensação de alegria de ter visto você ir pra longe de mim.

Sim!

Alegria também. De confirmar que o teu castelo de cartas não precisa mais da minha mão... que eu posso ir afastando o último dedo que a torre ainda fica de pé.

Sem mim.

Bem alta, bem firme, bem linda.

É.

Essa parte talvez eu até envie mesmo, fofinha.

90.

Passava das dez, as últimas aulas da noite iam se encerrando.

O prédio ficava cada vez mais vazio, mais silencioso. Estava chovendo pesado, e Lia de volta à sala dos professores.

Normalmente os temporários não tinham acesso à sala. Se tinham, não mereciam nela um espaço para guardar suas coisas. Mas a colega que convidou Lia a dar aulas durante um semestre lhe concedeu uma gaveta no armário da secretaria. E ela achava (achava...) que tinha esquecido ali a sombrinha de alumínio.

Entrou correndo na sala sem acender a luz nem fechar a porta. O movimento da capa aberta levantou uma folha solta que tinha ficado na impressora, e que voou para o chão. Ufa: a sombrinha estava ali.

Já com a mão de novo na maçaneta, ela suspira um tanto contrafeita e volta para catar o papel caído. O enunciado de uma prova. Coisa do pessoal de letras. Literatura. O começo de um poema no alto da folha.

Lia nunca foi de ler poesia. Nem de ter curiosidade. Mas a réstia de luz da porta aberta batia bem na folha branca e, num reflexo, como alguém que abre o lenço onde assoou o nariz, ela não pôde deixar de correr os olhos pelas palavras.

Quando não sei o que sinto, sei que o que sinto é o que sou. Só o que não meço não minto.

Um, três, dez segundos com o barulho da chuva pesada na janela.

Quando não sei o que sinto, sei que o que sinto é o que sou. Só o que não meço não minto.

O temporizador da luz do corredor deixou tudo no escuro.

Lia sentou no chão, diante do balcão da secretaria, e recitou em voz baixa, pela primeira vez para sempre, o fragmento do poema.

Seu mantra.

91.

A moça está dormindo.

É manhã, nem tão cedo, e a luz que entra pelas frestas da cortina (aquilo ainda pode ser chamado de cortina?) traça riscos bem bonitos na roupa de cama. Um deles, na verdade, corta seu rosto da orelha ao nariz, listrando cabelo e travesseiro, passando já bem perto do olho direito. Quase triscando os cílios pretos.

Ela é de fato nova. Deve ter pouco mais de vinte anos.

Está sozinha na cama, que não é nem uma cama de casal nem uma cama de solteiro.

Você não pode deduzir quase nada do que eu descrevo.

Ela é casada? Seu marido já levantou? Ou está viajando?

Ela é casada? Sua esposa já levantou? Ou está viajando?

Ela é solteira e mora com os pais? Mora sozinha?

Em que lugar do mundo ela está? É um apartamento ou uma casa? Ainda existem casas? Será de fato a casa dela?

Ela parece em paz. Parece saudável. Parece... feliz...? Na juventude as pessoas tendem a parecer felizes quando dormem. A parecer quase angelicais. E ela ainda está nesse período da vida. Isso eu disse.

Sobretudo, que nome ela tem?

Quem, mas *quem* é ela?

Que cheiros tem esse quarto? Que cômodos se ligam a ele? O que há do outro lado da janela? Prédios que você não reconhece, carros que nunca viu (carros?), pessoas que simplesmente não existem com bichos de estimação que você não imaginaria?

Eu posso te dizer que não há ruídos. Fora o de pássaros. Sempre há o som de pássaros. Desde que você preste atenção. "Enquanto tiver passarinho no céu a gente pode viver."

A moça da cama, eu posso adiantar sem transmitir maiores informações quanto às dúvidas que levantei antes, tem os pais vivos (casados ainda? morando onde?). Dos seus quatro avós, sobrevive apenas um, e ela, na infância, conheceu os outros três. Dos oito bisavós ela conheceu um. Uma, na verdade. Dona Arminda, mãe do pai de seu pai. Mas lembra muito pouco dela. Lembra quase nada.

Os outros sete não passam de uma ideia. Uma ideia que ela quase nunca tem.

Que não lhe ocorre.

Mas cada um deles existiu, para que ela esteja agora dormindo assim tão leve, assim tão lindo. Cada um deles passou por uma vida inteira (muito breve no caso do pai do pai de sua mãe), teve dores, dissabores, teve glórias, memórias, histórias completas. E cada vivência foi, a seu tempo, a coisa mais importante do mundo para cada uma dessas pessoas que hoje são apenas as barras do estrado dessa cama que talvez nem tenha estrado.

Cada uma delas existiu por inteiro. Real. Em carne, sonhos e espera.

Uma delas, tanto tempo atrás, foi a nossa Lia.

92.

Ela às vezes contava passos. Distâncias. Às vezes.
Porém, sempre contou degraus de escada. Ou melhor, movimentos de subir degraus, porque desde muito jovem ela subia escadas de dois em dois degraus.

E também essa contagem não tinha qualquer objetivo nem significava algum detalhismo. Depois de morar vinte e um anos no mesmo apartamento, ela não saberia dizer quantos degraus tinha que subir desde a entrada até seu terceiro andar. Mas sabia que em geral dava quarenta e três, quarenta e cinco passos para subir todos eles e cobrir a distância entre os lances, nos patamares que os dividiam.

De que isso servia?

Foi um dia, naquela mesma subida até o terceiro andar, um dia de sol morno, vento nulo... numa quarta-feira pouco depois do primeiro derrame que Lia de repente se perguntou de que servia aquela contagem. Foi na altura do passo 72. Digamos. Que o hábito que a menininha criou e a senhora mantinha, de ir como que em segundo plano registrando a corrente do tempo, o passar dos momentos, o andar e o ir-se das coisas finalmente se interrompeu. Sem mais. Ela nem achou estranho. Só sorriu de leve, pé esquerdo no patamar e pé direito pronto a tocar o primeiro novo degrau.

Ela parou ali por um instante, suspensa a meio caminho. E percebeu que estar a meio caminho valia mais que o 72 ou o 73 mal percebido. Era um zero. Em suspenso. Era suspense permanente. Era bem mais vivo. Valia prestar atenção.

Ela sorriu. Fechou os olhos. Respirou bem devagar. E prosseguiu.

Um.

Um.

Um.

Um…

93.

Isso. Ela fica ali. E vai continuar mesmo depois que a gente sair. Nem se preocupe.

...

Pode. Pode fazer barulho e tudo. Só não pode é falar com ela.

...

Ou até pode, só que ela não vai responder.

...

Desde pequena. Ela que me contou. Diz que aprendeu sozinha. Deitada esperando dormir. Depoooooois é que ela foi ler mais, e tal. Entender melhor.

...

Ela que me descreveu. E nem é complicado.

...

Ela diz que é só ficar ali bem paradinha. Tipo conscientemente sem se mexer. E resistir a tudo quanto é reflexo, a todo e qualquer impulso de se mexer, de se coçar. E tal. Aprender a lidar com as coceirinhas, as dores, os incômodos, o frio, o sol na cara. Aprender a deixar de se incomodar com essas coisas. Ela chama de "fazer as pazes". Fazer as pazes com o fato de que essas coisas estão ali. E não precisam de você. E que você pode continuar ali. Que nada vai te incomodar se você não deixar. Se você simplesmente prestar atenção nisso tudo como se não fosse com você. Com curiosidade, só. Com interesse. Sem querer eliminar cada sensação. Viver com elas. Ela chama de ao mesmo tempo viver com o mundo e morrer pro mundo.

...

Ah, mas sem dúvida. Ela diz que é um esforço desgramado. É isso que ela diz que você aprende. Que pra ficar rigorosamente imóvel e relaxado, e tal, você precisa tipo de um tipo de esforço. Constante.

...

Ah, isso? Nenhuma. Quer dizer, necessariamente. O truque, diz ela... o truque é depois você fazer a mesmíssima coisa, igualzinho, isso do esforço pra ficar imóvel sem se incomodar, dentro... da tua... cabeça.

...

É.

...

Pior que eu não sei.

...

Isso. Cuida da tua vida aqui. Nem se incomode. Faz o que tiver que fazer. Ela vai ficar ali. Como se não estivesse.

94.

O trajeto todo era de paralelepípedos. Da casa à esquina, aí antipó na Eriberto Morrone. Pedacinho a mais de uma calçada um tanto irregular, meio improvisada, e o armazém da dona Margaró. Casinha azul e uma porta de garagem como entrada. Balcão baixo e comidas e coisas de tudo quanto era tipo cobrindo as paredes de cima a baixo.

Atrás do balcão ficava um engradado com os sacos de leite.

Lia gostava de ser a escolhida entre os primos pra ir comprar alguma coisa na dona Margaró. E dessa vez foi mandada sozinha. Eles normalmente iam de dois em dois.

Não tinha medo de andar sozinha por ali. Não naquele tempo, quando o mundo ainda não tinha pontas e quando ela ainda não tinha se dado conta do que ser uma "ela" representava em termos de medos, riscos, exposições. Não era esse o problema.

Mas é bem verdade que, já na ida, ela estava com certo receio. Gerado, porém, pela responsabilidade. Pelo peso da responsabilidade. Pelo peso do saco de leite.

Já tinha ido buscar leite outras vezes. Nada de novo. Mas agora ia sozinha, o que causava certo suspense. E o acrescentava à responsabilidade. Uma prima tinha derrubado e estourado um saco de leite ainda na semana passada.

Ali, diante da dona Margaró, ela pediu. Não precisava nem estar com o dinheiro. Ficava tudo no caderno, na conta da vó. Os sacos de leite vieram do engradado para ela, dois!, não sem antes passarem por uma limpeza perfunctória com um pano da mesma cor da parede do armazém. Enxugar.

Estavam gelados e suavam.

Essa a fonte da expectativa. O trajeto era de paralelepípedos. Apesar de Lia não ter visto a cena, não conseguia tirar da cabeça a imagem do saco de leite da prima estourado nas pedras grosseiras... a mancha branca sobre o quadriculado rugoso da calçada. A cara da Míriam.

Segurar os saquinhos com as duas mãos, no entanto, parecia estranhamente instável. Eles eram moles, eram frouxos e deslizavam. Pareciam querer fugir das tuas mãos. Pareciam um bicho arisco. Ainda mais assim, dois juntos. Pegar os sacos pelo cantinho dava a sensação de ser mais seguro. E era, ela achava, um jeito mais adulto. A mãe carregava o leite assim. Entre o polegar e a lateral do indicador, braço solto na altura do quadril, sem nem dar por isso.

Tentou essa técnica.

Moça grande que era, sozinha na rua, responsável. Mas eram dois...

E o diabo do saquinho era gelado, os dedos iam perdendo a sensibilidade e ele escorregava aos poucos, rumo ao chão, rumo à calçada fatídica. O da mão direita já tinha escapado uns bons milímetros, e ela não podia usar a mão esquerda para corrigir a posição, porque o saquinho desta mão também já começava a descer.

E andar mais rápido ia aumentar a trepidação, minha nossa, e talvez fazer tudo acontecer mais rápido. Correr era apressar a catástrofe. Restava seguir calma. Era só uma quadra, mas meu Deus que quadra enorme dessa vez.

Ela sentia que ia ficando vermelha, sentia até uma lágrima surgindo no seu olho de moça grande e responsável.

Era uma questão de tempo. Só (só?) uma questão de tempo.

Era vencer a quadra e... ou perder o leite; deixar de sentir a ponta dos dedos, ou a vitória.

Ah, a vitória...

E o caminho era todo de pedras.

95.

Tudo chega ao fim. Tudo tem sua última vez. E quase nunca você soube disso.

Um dia você jogou fora o seu paninho. Um dia viu pela última vez o boneco de flanela xadrez que depois sumiu sem explicação. Um dia a sua avó lhe disse deus te abençoe pela última vez. Um dia, meros meses depois, foi o seu avô.

Um dia a sua mãe mexeu para você o açúcar da xícara de café pela última vez, porque aparentemente no dia seguinte você ia virar moça grande. Um dia o cachorro da vizinha latiu para você no portão, como sempre, mas depois você passou dias sem ver o bicho, até se dar conta.

Um dia você chorou pela última vez em público, dizendo-se em voz baixa que não sabia mais até quando aquilo ia acontecer, que gente grande não pode chorar quando fica triste, mas meu deus como é que eles fazem...

Um dia foi dormir sem saber o que era ter a língua de outra pessoa tocando os seus dentes. Um dia colocou o seu último balde sob uma goteira no teto do quarto da casa velha.

Um dia olhou para o céu e de repente se deu conta de que podia passar o resto da vida olhando para o céu todo dia, no mesmo horário até, se quisesse, mas que nunca mais veria o céu que agora via. Sem explicação nem origem.

Um dia brincou com a sua prima de princesa da Tomélia. Isso algumas semanas depois de num claro momento de terror vocês terem se prometido que nunca na vida deixariam de brincar de princesa da Tomélia. Você não se lembra desse dia. Não lembra se foi você ou a prima que foi a princesa.

Foi numa quarta-feira, Lia. Não que ajude.

Um dia você pensou que chorava pela última vez em público. De novo. E não foi pela última vez.

Um dia viveu sem a certeza de ter outra pessoa dentro de si. Sem nem saber.

Um dia comeu o pão que a sua mãe sovava.

Um dia comeu pão branco logo antes de dormir e nem por isso dormiu um sono inquieto, toda inchada. Um dia apontou o seu último lápis. Anos, anos atrás.

Um dia você correu para pegar um ônibus sem se preocupar com as dores no joelho que poderia sentir depois. Um dia foi jovem.

Um dia, pela última vez, você chorou em público pela última vez.

Pela última vez.

Um dia pôs os pés no chão e procurou seu chinelo com os olhos pesados e a luz do sol nas cortinas.

Quarta-feira de novo.

96.

Foi estranho. Não vou te negar que foi estranho. Sei lá, depois de tanto tempo. Entrar naquela casa. Sem ela. A mesma casa. A casa dela. Mas sem ela. Parecia que a casa tava mais oca. Que a luz que entrava ali era mais fria. Parecia um silêncio mesmo com os barulhinhos de sempre. Parecia tudo ressoando. Sabe? Como a sensação visual de entrar de sapato num ginásio vazio. Aquele eco. Aquele vazio. Dei uma geral nas coisas. Juntei uns trecos dela que estavam espalhados. Guardei como ela ia querer guardar. E sempre com aquela dúvida. Sabe? Se estava fazendo certo. Mãe, né... A sombra da voz dela me dizendo que não era assim. Onde já se viu. Sozinha ali sem ela e ao mesmo tempo aprendendo rapidinho que eu nunca ia ficar sem ela. A cada peça do varal que eu dobrava em cima da mesa da cozinha. Me deu vontade de tomar café. Mas não consegui me motivar a fazer. Tirar coisas dos armários. Remexer por ali nos pertences dela. No que meio que já parecia um museu. Pensei em tomar um copo d'água. O dela estava na frente do filtro. Só consegui foi puxar uma cadeira e sentar um minuto. Aí é que eu vi as plantas lá atrás e percebi que tinha que ir cuidar. A mangueira estava lá fora. Verde. Fui indo de planta em planta. Tirando as folhas secas, molhando, catando matinhos. Uma ou outra fruta eu tirava e jogava no gramado, pra deixar mais fácil pros passarinhos. Era o que ela ia fazer. Fiz isso com ela tantas vezes... Eu nunca deixava de ir com ela. Ela ia molhando, podando e me falando de cada planta. E das coisas mais malucas. Qualquer coisa que passasse pela cabeça dela. A gente levava horas. Pelo menos é assim que eu lembro. A gente levava horas passeando pelo jardim e deixando tudo bem cuidado. Era o jardim dela. Cada planta era dela. Cada canto. E eu fui me dando conta de que depois de tanto tempo andando atrás dela eu tinha aprendido quase nada sobre plantas. Sabia tudo que ela tinha contado naquelas horas. Dessas coisas ainda relembro em detalhe. Tem palavras que pra mim são dela. Aleá. Tem umas palavras... Vieram dessas conversas. Mas de planta que é bom eu não aprendi nada. Não prestei atenção. Eu só tinha ouvidos pra ela. Agora eu é que precisava cuidar do jardim dela, manter tudo vivo. Ela morava pra sempre na minha cabeça, mas as plantas não. E eu que tinha que manter aquilo vivo. Começar tudo de novo. Sempre. Sempre de novo.

97.

Oi.
É o Caetano.
Tudo bem?
Estou aqui falando direto com você porque a história está acabando. Fora este aqui, faltam só dois capítulos. E eu já estou meio doído de saudade da Lia.

Mas no fundo eu vim mesmo por causa da tampinha.

Deixa eu te explicar.

É que no prédio onde eu moro, uma construção de quase setenta anos, a fiação de internet, TV a cabo e mesmo a de telefone foi feita de um jeito todo torto, todo errado, que ao longo dos anos só piorou, à medida que mais cabos inúteis iam ficando para trás sem jamais ser retirados e que novos cabos iam sendo instalados na mesma linha. O que restou foi um bodoque gigantesco (uma matassa) de cabos de todo tipo, pendentes entre um poste lá do outro lado da rua e a fachada do meu prédio. Uma barrigona, uma rede de pescador dependurada acima do asfalto.

Bem na frente da janela do banheiro aqui de casa, balançando acima do pátio do prédio, esses ajambramentos todos redundaram numa espécie de emenda, uma caixinha com conexões de cabos que, quando foi instalada ali nas alturas, era coberta por uma capa de plástico ou de alguma borracha isolante preta. Uma tampa mais ou menos no formato de uma meia-cana, de um meio cilindro, que já há alguns anos também se desencaixou. E ficou ali, pendurada por um arame fininho, balançando a cada brisa, segura apenas por um canto.

Eu escovando os dentes; eu vendo a minha mulher sair pelo portão com o cachorro; eu olhando as flores das cerejeiras e pensando nas histórias da Lia; eu parado na janela do banheiro, olhando a tampinha pendurada, dependente de tão pouco, tão fragilmente estável. Anos a fio por um fio.

Eu sempre pensando que um dia ela ia cair. Porque isso, afinal, era líquido e certo. Um dia um vento mais forte ia soprar e aquele arame não ia dar conta. Um dia a ferrugem que certamente ia aos poucos carcomendo o metal do mero risco ia chegar à medula do aço e romper o liame. Um dia a capa ia cair nas pedras, sem estrépito (tão levinha...), e aquela história ia acabar.

Aquela tampa era uma alegoria pedindo leitura. Era uma Lia.

E nos últimos tempos, à medida que esta história da Lia ia chegando ao seu final, a tampinha pra mim passou a ter uma ligação meio estranha com ela também. A ideia de que um dia a Lia morreu e de que um dia a minha história com ela ia também chegar ao fim. Outro jeito ainda mais definitivo de se acabar. Sem ninguém ver, sem nem fazer barulho. Em algum momento. Num futuro talvez logo ali. Ou quem sabe mais distante. A ferrugem como a velhice, o cabo carcomido como o tempo que passa sobre um ser humano. Devagar. Aos poucos. E aos poucos eu achava que ia me preparando.

Só que hoje cedo, seis e pouco, um caminhão enorme que passou pela rua simplesmente arrancou de uma vez só os cabos todos. Catástrofe, estrondo, o inesperado... O baque afrouxou um poste e chegou a arrancar cabos de dentro das caixas dos corredores do prédio.

O inesperado.

Bem isso.

Fui eu que catei a tampinha estatelada no pátio.

98.

A questão então é imaginar. Mero exercício mental. Imaginar que se trata de uma divindade, de algum ente com poderes sobrenaturais. Ou não. Esse recurso é definitivamente dispensável. Digamos que se trate de uma súbita percepção da realidade incontornável. Inexplicada por inexplicável. Doada, dotada. Recebida sabe-se lá de onde. Ou de mais quem.

O sublime.

É supor o seguinte: que você sabe que a tua vida acabou. Que está com seu fim decretado. Que aquilo que era sempre horizonte é já linha de tropeço. Ponto iminente. Sem fuga.

Que é agora.

Mas que, por alguma razão, em vez de ser exatamente agora o momento final, você fica sabendo naquela estranha iluminação que você pode prolongar tudo por mais alguns minutos. Minutos. Nada de anos, dias ou horas. Minutos. Mas trata-se afinal de uma prorrogação.

E para ganhar essa prorrogação você precisa apenas escolher dentre todas as músicas que ouviu na tua vida inteira aquela que gostaria de ouvir agora. Uma música. Apenas uma música. Sem trapaça. Não é uma sinfonia. Não é um oratório. Não é um opus completo.

É uma canção.

Essa coisa incrível que o século XX transformou na sua maior forma de arte. Uma canção apenas. Da tua vida inteira.

Pense lá.

Escolheu?

Agora ela vai começar a tocar, e quando acabar... Bom... Você entendeu.

O exercício agora é: imaginar essa situação estranha, quase ridícula. Patética. A morte protelada pelo tempo de uma música.

Qualquer canção tem esse poder. Elas sempre tiveram. Mas agora essa vai ser a tua. Definitiva.

O exercício então é este: fazer estas duas perguntas.

1. naqueles minutos ganhos, você vai conseguir ouvir de verdade a canção da tua vida?
2. e, se não, terá valido a pena?

99.

E eu: como assim? E ela me disse: claro, porque foi você que disse isso!

E eu na horinha mesmo que ela falou lembrei perfeito da cena. Da coisa toda, todinha. A chuva, a mesa da cozinha. A lembrança me veio inteira, apesar de eu não ter mais pensado naquilo faz, sei lá... deve fazer uns onze, doze anos que aquilo aconteceu.

Sei. Mas o que é que tem?

Como assim? O que tem é que isso tudo é muito maluco, né? Isso da gente simplesmente não ter controle. Muito maluco e muito lindo no fim das contas. Assim: você passa a vida com uma pessoa, ainda mais com uma criança, passa a vida inteira dela, enquanto ela por assim dizer se forma ali na tua frente, se transforma numa pessoa... E ela ali aprendendo. Você sabe disso. Com aquele olhão enorme de criança, bem aberto, vendo tudo, prestando atenção, aprendendo mesmo. A gente sabe disso. Todo mundo sabe. E você cuida. Você se atenta. Sempre que você consegue, sempre que você lembra, sempre que você não tá cansada demais pra ver de verdade o que tá bem na tua cara, você tenta lembrar. Que o que pra você é vida cansada, repetida, vida em ponto morto de cada dia, pra aquela menina crescendo na tua frente é muito inédito, é tudo novo. Tudo *tudo* mesmo. A vida inteira ela vai comendo ali com os olhos. E pode ser sempre definitivo. Cuidado com isso. Aí você passa anos da tua vida se arrependendo de ter dito aquela frase meio atravessada naquele dia que o teu chefe também te disse uma coisa azeda e você chegou em casa emburrada e a coitada não tinha nada a ver com aquilo. Mas ouviu. E você remói aquilo duro. Anos a fio. E de repente descobre que não, que ela simplesmente esqueceu a cena. Que aquilo não ficou na cabeça dela nem um mês, muitíssimo menos uma década, década e meia. Mas daquele outro dia, que tinha apagado da tua cabeça inteirinho, que nem parecia importante, que nem era nada... ah, desse ela lembra e vem te falar com a maior naturalidade do mundo. A gente não controla o que lembra. Muito menos o que os outros lembram.

Ele sorri para o sorriso desligado dela.

Ela lembrava, e ela guardou, e aquilo pra ela teve, sei lá, teve assim a força de um tipo de ensinamento. Aquilo virou semente dentro dela. Justo aquilo.

E qual era a frase, afinal?

Que "a vida às vezes é isso: café com bolinho".

Sério?

Sério.

Ele agora sorri aberto para o rosto dela.

E é verdade. Eu mesma esqueço que é verdade. Mas ela lembrou. Lembrou pra mim e me deu isso de volta. Ontem ainda. Agorinha.

Que bom, querida.

No fundo eu só tô te dizendo isso porque é verdade, pra começo... (*risos*) E porque foi você.

Eu o quê?

Você que fez os bolinhos aquele dia.

一期一会

Agradecimentos (e umas notas)

Lia nasceu como um tipo esquisito de "folhetim" para o jornal online Plural. Os capítulos foram sendo publicados semanalmente (com seus saltos) entre janeiro de 2019 e abril de 2021. De lá pra cá, tudo foi relido, revisto, reescrito; a ordem foi alterada, e muita coisa foi cortada (mas nunca houve cem capítulos).

Fica um grande agradecimento a toda a equipe do Plural, especialmente, é claro, ao meu irmão Rogerio Galindo. E outro aos leitores dessa primeira versão (Marilene Weinhardt, desde o primeiro fragmento... Patricia Rodrigues...).

Devo muito também a todos que depois leram a *Lia* como manuscrito completo. Certeza que vou esquecer alguém, e já peço desculpas (o processo foi longo), mas mando um saravá para: Luana Chnaiderman, André Tezza Consentino, Sérgio Rodrigues, Carlos de Brito e Mello, Carolina Facchin, Raquel Zangrandi, Mauricio Lyrio, Cristovão Tezza, Sandra Vasconcelos, Luci Collin, Fabiana Faversani, e o meu irmão.

Duas leituras que vieram bem no fim e me ajudaram demais foram as de dois dos meus irmãos de vida adulta, Martha Batalha, que me deu a confiança final pra fechar o texto, e Guilherme Gontijo Flores, que me afiou a tesoura. E devo muita felicidade ao Gabriel Fernandes, à Lindsay Castro Lima e à Bete Coelho, meus leitores mais empolgados. *Ana Lívia*, a nossa peça, nasceu também disso.

Quanto aos editores, agradeço à Luara França, ao Emilio Fraia e, na hora do vamos ver, ao Antônio Xerxenesky, que levou tudo a bom termo. A Marcela Ramos e a Lucila Lombardi também me salvaram da minha própria burrice. Uma vez mais, fico agradecido ao trabalho certeiro e luminoso da Ciça Caropreso, que não só preparou os originais como fez uma leitura profunda e generosíssima.

Acima de tudo, fica o reconhecimento do tamanho da presença da minha mãe, Iracema Waldrigues Galindo (1949-2012) em toda essa Lia e, sempre, o agradecimento à Beatriz Ribeiro Galindo, minha filha, e à Sandra M. Stroparo, que é sempre a razão de eu tentar fazer qualquer coisa, além de, literalmente, ter sido quem "fez os bolinhos aquele dia", pra mim e pra Bia.

Aliás:

Cem vistas do monte Fuji é uma série de gravuras de Katsushika Hokusai (1760-1849).

O par de garras do capítulo 43 vem de "A canção de amor de J. Alfred Prufrock", de T.S. Eliot, camarada que gostava também de declarar suas fontes.

A abertura do capítulo 64 é uma citação entortada do poema de Emily Dickinson (1830-86) que começa com "*I started early — took my dog*".

O texto mencionado no capítulo 69 é a "Advertência sobre os escrúpulos da fantasia", de Luigi Pirandello (1867-1936), que costuma ser publicado como apêndice ao seu romance *O falecido Mattia Pascal*.

No mesmo capítulo: a ideia de que tudo que aparece "em cena" precisa vir a ter função narrativa é de Anton Tchékhov (1860-1904); e o cineasta citado logo depois é David Lynch.

A música do capítulo 78 é a *Sinfonia Eroica*: porque sou eu que mando.

A impossibilidade de se cobrir o mundo de couro, no capítulo 88, vem do *Bodhisattvacaryavatara*, de Shantideva (*c*. 685-*c*. 783).

Os versos citados no capítulo 90 são a estrofe de abertura do poema "Pessoana", do livro *Trovar claro*, do imenso Paulo Henriques Britto.

A frase dos passarinhos, entre aspas no capítulo 91, é coisa da família de alguém, que um dia me contou e eu adorei. Desculpa.

Capítulo 98: "Junk", Paul McCartney. E pronto.

Os ideogramas que encerram o livro (*ichi-go ichi-e:* uma vez, um encontro) têm origem na cerimônia do chá, e sublinham a singularidade de todo e qualquer momento.

1ª EDIÇÃO [2024] 1 reimpressão

ESTA OBRA FOI COMPOSTA PELO ACQUA ESTÚDIO EM MINION
E IMPRESSA EM OFSETE PELA LIS GRÁFICA SOBRE PAPEL PÓLEN DA
SUZANO S.A. PARA A EDITORA SCHWARCZ EM MAIO DE 2024

A marca FSC® é a garantia de que a madeira utilizada na fabricação do papel deste livro provém de florestas que foram gerenciadas de maneira ambientalmente correta, socialmente justa e economicamente viável, além de outras fontes de origem controlada.